LA MAISON
AU BOUT DU VILLAGE

Nelly Buisson

LA MAISON AU BOUT DU VILLAGE

Lucien Souny

Collection *le chant des pays*

Editions Lucien Souny, 2014
Les Allois • 87400 La Geneytouse

Je me souviens très bien du jour où la maison est entrée dans ma vie… C'était un de ces jours de mai lumineux qui annoncent l'été : ciel bleu, petite brise chaude et chants d'oiseaux. Au début de l'après-midi, j'étais partie sur le nouveau sentier de randonnée, sans sac à dos, les mains dans les poches. Je ne connaissais pas encore le parcours : la petite équipe des Défricheurs venait juste de l'ouvrir. J'ai traversé le hameau de Puyssolier et pris à gauche, vers le ruisseau. Le chemin descendait sous les arbres et, pour ne pas buter sur les rochers affleurant, je l'ai dévalé en sautillant comme je le faisais autrefois. J'ai franchi le filet d'eau sur les grosses pierres posées là pour les randonneurs et attaqué la remontée, de l'autre côté. La pente était raide et je m'essoufflais vite maintenant. J'ai ralenti le pas et j'ai débouché, après le couvert des grands arbres, dans un petit pré en pleine lumière. Pour reprendre haleine, je me suis assise sur un de ces rochers ronds qui parsèment l'endroit. J'ai fermé les yeux, tendant mon visage au soleil… J'avais dix ans… C'était facile : le bruit d'un tracteur au loin, une vache qui meuglait, le vent qui faisait grincer la branche d'un chêne quelque part au-dessus de ma tête, rien n'avait vraiment changé. J'allais rentrer à la maison, maman me demanderait d'où je venais encore, je ne dirais rien de ma journée de lecture près du ruisseau. D'un autre ruisseau. Celui-ci était trop loin de la maison pour que je puisse m'y aventurer. La vie était paisible et sans surprises jusqu'au jour où tout s'était arrêté brusquement. Le déchirement... le départ pour Bordeaux, « pour le travail », avaient dit les parents. Mon père avait trouvé un emploi à l'usine Ford et n'avait pas hésité. Nous avions vendu notre maison et préparé les cartons du déménagement. Nous avions dû nous séparer de beaucoup de souvenirs qui n'auraient pas leur place dans le nouvel appartement, mais nous avions gardé les photos, témoins de notre vie ici. Je ne m'en étais jamais séparée depuis. J'avais quitté Saint-Médard la rage au cœur, me jurant de ne plus y revenir, pour ne pas connaître la souffrance d'avoir à le quitter à nouveau. Il avait fallu m'habituer à la banlieue bordelaise, au grand collège, au petit appartement et à l'espace restreint de la cour de l'immeuble. L'adaptation avait été difficile, mais elle avait fini par se faire, bien sûr. Mes bois et mes prés étaient toujours dans ma tête et, le soir, avant de m'endormir, je les parcourais en imagination de peur de les oublier.

Au cours des mois suivants, l'atmosphère à la maison s'était transformée ; mes parents n'échangeaient plus que de rares paroles, le sourire de maman n'était plus aussi gai qu'avant. Je n'osais rien dire, rien demander, mais l'inquiétude s'était nichée au creux de mon ventre. Enfin, un jour, papa était parti. On ne m'avait pas donné d'explications. Je le voyais dans son nouvel appartement un week-end sur deux. Encore un déchirement ; encore une perte.

Je m'étais fait de nouvelles amies, parmi lesquelles Lise et Camille, mes préférées. J'étais restée en relation avec cette dernière, mais je m'étais peu à peu éloignée de Lise qui avait déménagé alors que nous étions au collège. Je pensais à elle souvent, mais sans jamais avoir fait, je l'avoue, l'effort de la retrouver. Aurions-nous encore des choses à nous dire ? Quelle femme serait devenue la petite fille que j'avais encore en tête ? C'était certainement la peur de me trouver face à une inconnue qui m'avait retenue. Je m'étais traitée de lâche bien souvent, mais, après tout, elle non plus ne m'avait pas contactée.

Un soir de juillet de l'an passé, un coup de téléphone avait fait ressurgir le passé soudainement. Une voix féminine m'avait demandé si j'étais bien Cécile Ravel, et si j'avais passé mon enfance en Dordogne. Le souffle un peu court, j'avais répondu que oui, attendant avec un mélange d'anxiété et d'espoir que mon interlocutrice se présente. J'étais restée un moment sans voix lorsqu'elle l'avait fait : c'était Catherine, mon amie d'enfance de Saint-Médard, qui avait retrouvé ma trace grâce à Internet. Elle souhaitait m'inviter chez elle ; elle était heureuse de m'entendre et, à sa voix tremblante, j'avais deviné qu'elle essayait de maîtriser ses larmes. Nous avions été si proches. Je n'avais réussi qu'à balbutier quelques mots avant de raccrocher ; après quoi, j'avais à mon tour éclaté en sanglots. J'étais heureuse, certes, mais j'avais honte. Elle avait fait l'effort, elle, de me retrouver. Je l'avais rappelée le lendemain et nous avions parlé plus longuement.

Elle vivait toujours au village avec son mari, mais c'était lui qui était venu s'installer dans ce coin perdu du nord du Périgord. On s'était un peu raconté nos vies, mais, combler un vide de cinquante ans par téléphone étant impossible, nous avions décidé de nous revoir. Je lui avais juste demandé un peu de temps sans lui donner plus d'explications ; elle m'avait répondu simplement qu'elle attendrait, maintenant qu'elle m'avait retrouvée. Elle avait dû attendre dix mois pendant lesquels nous nous étions appelées régulièrement, mais je ne trouvais pas encore le courage de revenir à Saint-Médard.

Aujourd'hui, j'avais quartier libre car elle avait un rendez-vous à Périgueux et c'est elle qui m'avait suggéré cet itinéraire.

— Tu verras : le chemin de rando traverse Pierrebrune, un hameau totalement abandonné.

J'avoue que cela m'avait décidée ; je ne connaissais pas bien Pierrebrune car je n'avais pas eu le temps d'y traîner mes espadrilles d'enfant. Je ne pensais pas qu'il existe chez nous de hameau à l'abandon et cela m'attirait, bien sûr. Il fallait que je le voie avant de repartir… Plus que deux jours et il me faudrait retrouver la ville, que j'aimais bien, finalement, mais pas autant que cet endroit auquel j'étais liée par mon enfance, par les souvenirs, certainement faussés par le temps, d'une époque trop belle pour être entièrement vraie, et que je rechercherais vainement à chacune de mes visites.

Une branche a craqué en contrebas et j'ai ouvert les yeux. Un homme remontait le chemin ; il a ralenti son pas en me voyant et m'a regardée un instant d'un air étonné. Il portait le bleu de travail des paysans et mâchonnait un brin d'herbe. À la campagne, il est rare de rencontrer une femme assise sur un rocher, à ne rien faire. Ça ne peut être qu'une citadine. Il a détourné la tête et il est reparti de son pas tranquille en sifflotant. J'avais eu le temps de croiser ses yeux et un autre souvenir, douloureux celui-là et beaucoup plus récent, était remonté à la surface. Ces yeux-là étaient du même bleu clair que ceux de mon Guillaume, qui n'avait d'ailleurs jamais été totalement mien et qui serait probablement le dernier amour de ma vie. Nous avions vécu une belle aventure, mais j'avais toujours su que cette histoire ne pouvait se terminer que par une rupture ; la douleur m'avait coupée du monde pour plusieurs mois, pendant lesquels j'avais pris le bus ou ma voiture, travaillé, parlé aux autres, uniquement mue par l'habitude, sans être présente dans un corps qui se vengeait en maigrissant. Un jour, je m'étais levée en me disant que ça suffisait; j'avais fait couper mes cheveux, je m'étais acheté un jean et j'avais appelé Catherine pour lui demander si elle m'acceptait pour le week-end prolongé du 8 mai, dans quelques jours. Heureuse, elle s'était mise en cuisine aussitôt, avait disposé un bouquet dans la chambre d'amis et n'avait pas posé de questions. C'est moi qui ai raconté, le premier soir, avant que Bernard ne rentre.

Nous nous étions retrouvées, émues et intimidées dans un premier temps, mais rapidement, sous les visages des presque retraitées que nous étions, les traits enfantins avaient ressurgi : ses yeux noirs rieurs étaient bien les mêmes, et ma tignasse, bien qu'assagie, s'échappait encore de l'élastique qui tentait de la contenir. Nous avions ri de bonheur et de soulagement de nous reconnaître.

J'avais raconté Guillaume et les blessures plus anciennes encore. Je lui avais parlé de Marc que j'avais rencontré alors que j'étais élève à l'école d'infirmières, de son sourire charmeur et de l'assurance de ses vingt ans. Nous étions tombés amoureux et, au bout d'un an, nous nous étions fiancés. J'allais être sa femme; j'allais vivre avec l'homme que j'aimais, exercer un métier qui me passionnait dans la ville que j'avais choisie. Deux mois plus tard, j'avais trouvé dans ma boîte à lettres un message dans lequel il m'expliquait qu'il ne m'épouserait pas car il ne voulait pas me rendre malheureuse, que je méritais bien mieux que lui qui n'était certainement pas en mesure de me procurer la vie à laquelle j'avais droit, et que, en fin de compte, nous étions trop jeunes pour nous engager... J'avais été sidérée, partagée entre douleur et colère.

Je l'avais croisé quelques jours plus tard accompagné d'une jolie blonde. J'avais beaucoup pleuré, bien sûr, mais je l'avais surtout haï de tant de lâcheté. L'abandon de mon père puis de Marc avait eu raison de ma confiance envers les hommes et aucune de mes relations amoureuses n'était allée très loin. La plupart de mes compagnons étaient mariés et je considérais cela comme un garde-fou me protégeant d'un engagement sérieux.

Maintenant, à la veille de mes soixante ans, je savais que je finirais ma vie seule. Il fallait me faire une raison. Je resterais comme on dit ici une « vieille fille ». Catherine, au contraire, avait trouvé son solide Bernard et n'avait pas cherché plus loin. Elle avait ouvert une petite boutique de prêt-à-porter qu'elle vendrait bientôt alors que son mari poursuivait son métier d'ébéniste. J'avais d'emblée été séduite par cet homme au regard franc et à la carrure imposante qui m'avait accueillie chez lui comme s'il me connaissait depuis toujours.

J'ai rassemblé mes esprits, attendu que l'homme ait pris un peu de distance et je suis repartie. À nouveau un sous-bois ponctué de lumière, une odeur de mousse humide, le bleu des jacinthes sauvages et soudain le grand soleil. C'est là que je l'ai vue.

Une petite maison toute simple... Elle n'avait rien de spécial, mais elle semblait m'attendre, et moi je l'attendais. Elle tournait résolument le dos au groupe d'habitations qui constituaient le hameau de Pierrebrune ; le soleil faisait briller les jeunes pousses de la treille au dessus de la porte à laquelle on accédait par deux marches se terminant par un perron minuscule. Des rideaux étaient encore accrochés aux deux fenêtres, mais les toiles d'araignées qui les doublaient empêchaient de voir l'intérieur. J'ai décidé que je pouvais encore m'octroyer quelques instants. Je me suis approchée précautionneusement, comme pour ne pas la déranger, et je me suis installée sur la dernière marche. La vue s'étendait bien au-delà du petit bois que je venais de traverser, sur des hameaux dont je ne savais pas le nom et des collines à l'infini. J'ai pris le temps de mieux la regarder. Le toit ne paraissait pas en mauvais état, quelques tuiles déplacées, tout au plus. Les menuiseries étaient, elles, un peu endommagées. À côté, la grange était en bon état ; la porte béante donnait sur un gouffre sombre que je n'osais pas aller explorer. Ce qui avait été la cour était envahi d'herbe et le puits croulait sous une glycine exubérante. Il fallait bien reconnaître qu'un charme certain se dégageait de l'ensemble.

Le gargouillis du ruisseau, qui arrivait jusqu'ici, les prés dans la lumière de la fin d'après-midi, le bourdonnement des insectes, le vieux puits, tout donnait un sentiment de paix, de sérénité. Je me suis avisée tout à coup que le soleil ne réchauffait plus ma joue droite ; il avait déjà plongé derrière les arbres et il était temps de repartir. Catherine devait se demander si je ne m'étais pas perdue. J'ai traversé le hameau à l'abandon sans presque y jeter un regard. Les maisons étaient vides, certes, mais pas en ruine. Quelques fenêtres ouvertes indiquaient qu'elles avaient probablement été visitées par les gamins des alentours. J'ai coupé par la chaussée du vieil étang en pressant le pas. Dans l'air flottait une odeur de graminées mûres, qui m'a ramenée aussi à mes dix ans. Chaque parcelle, chaque pré n'était pas alors enserré dans une ceinture électrifiée empêchant toute course folle hors du sentier balisé. J'ai bientôt atteint la route qui dominait le village. Il s'égrenait au flanc de la colline. Au centre, la vieille église dressait son clocher carré et massif comme un donjon. J'ai souri en pensant aux bêtises que nous y faisions : aller jouer du vieil harmonium asthmatique, par exemple. Un jour, nous avions été surpris par un passant alerté par les sonorités gémissantes qui ne pouvaient pas faire croire à une répétition de l'office du dimanche suivant. Nous avions été grondés, bien sûr, mais le sourire mal dissimulé de nos parents nous avait rassurés. Le village de Saint-Médard s'étire le long d'une rue unique, bordée de maisons aux pierres ocre et aux toits de tuiles canal. Je les connais toutes. L'ancienne épicerie, sur les marches de laquelle les enfants avaient coutume de se retrouver et où nous achetions des magazines et des bonbons qui n'existent plus ainsi que nos petites fournitures scolaires, le café où on vendait aussi les bonbonnes de gaz, la maison de la mère Cardy, celle de Dédé Lajaunie... Autant de bâtisses fermées maintenant, ouvertes seulement l'été. Celle de Catherine est au bout du village, près de la vieille croix en pierre qui en marque l'entrée. C'est une ancienne ferme rajeunie par des volets rouge basque et des murs en pierres apparentes. J'ai regardé le ciel. Des nuages s'amoncelaient à l'ouest, cachant le soleil. Demain il pleuvrait.

Je suis arrivée haletante et écarlate chez Cat.

— Eh bien ! Tu as été poursuivie par le monstre de l'étang de Pierrebrune ? a-t-elle demandé en riant.

J'ai souri un peu piteusement, sachant que je ne pouvais guère cacher mon trouble.

— Ou tu as rencontré un beau berger ?

— Rien de tout ça... J'ai marché vite, c'est tout.

— C'est tout ?

Je n'ai pas répondu tout de suite, mais ma curiosité avait besoin d'être satisfaite.

— À l'entrée de Pierrebrune, il y a une maison toute seule... Elle tourne le dos au village.

— Oui, je vois de quoi tu veux parler... Une jolie petite maison.

— Tu sais à qui elle appartient ?

— Au fils Lacoste, je crois. Il habite à Paris. Enfin, en région parisienne, mais tu sais, ici, on dit « à Paris » pour tout ce qui est au-dessus de la Loire ! Il ne vient presque jamais en Dordogne. Quelqu'un fauche l'herbe autour de la maison trois, quatre fois dans l'année.

— Tu ne sais pas s'il la vendrait ?

Elle me regarda, les yeux écarquillés. Elle avait compris.

— Non… Tu ne veux pas… Écoute, Cécile. Tu as vu l'endroit ? Loin de tout. La maison est à restaurer complètement. L'hiver, ta voiture ne pourra même pas atteindre la route. Et… tu ne vas pas t'isoler comme ça ? Tu serais toute seule, Cécile, toute seule.

— Mais non, pas si seule… Tu ne serais pas loin, toi. À peine quatre kilomètres. J'ai besoin de calme, tu sais.

Elle se retourna vivement et planta ses yeux noirs dans les miens.

— Qu'est-ce que tu fuis ? Les hommes mariés qui pourraient te séduire ? Ah ! Là, tu as raison ! Ce n'est pas à Pierrebrune que ça t'arrivera !

— Arrête, Catherine. Tu deviens méchante, là.

Elle s'est éloignée en me tournant le dos. On ne s'était retrouvées que depuis quelques mois, mais elle me connaissait comme personne. Elle avait raison : je fuyais. Je fuyais la vie, la souffrance, l'abandon. Celui de mon père qui, lui aussi, avait fui un quotidien trop rigide, trop prévisible ; celui des hommes que j'avais choisis parce qu'ils n'étaient pas libres. L'abandon avait été au bout de chacune de ces histoires, nécessairement. Ne pas m'engager, ne pas vivre, peut-être. Catherine était en colère, mais je savais que c'était pour me protéger. Comment lui expliquer, sans passer pour folle, que la maison m'attendait ?

La porte s'est ouverte et Bernard est entré. Il s'est immobilisé devant nos visages défaits, des points d'interrogation dans les yeux.

— C'est cette folle, dit Cat.

Elle lui a raconté ce qu'elle appelait « ma lubie ». Il est resté silencieux un instant, la tête baissée, puis il nous a regardées :

— Pourquoi pas, après tout ? On sera là, nous. Si ça peut t'aider à être mieux…

J'ai vu l'incrédulité de Cat, son incompréhension. Elle, elle aurait rêvé de vivre en ville ; alors, vivre à Pierrebrune…

— Mais, les boutiques, les librairies, le ciné… ça ne te manquerait pas ?

— N'exagère pas. On trouve tout à Périgueux et il suffit d'une demi-heure de voiture.

— De toute façon, trancha Bernard avec son bon sens habituel, on ne sait pas si elle est à vendre, cette maison.

Le dîner s'est passé entre chamailleries, rires et plans sur la comète. Bernard avait ouvert une bouteille de saint-émilion pour détendre l'atmosphère et j'avais un peu de mal à garder les yeux ouverts.

— J'aimerais bien être amoureuse à nouveau, dis-je presque malgré moi, comme on dirait : j'aimerais qu'il fasse beau demain, ou j'aimerais bien être là à Noël. Quelque chose qui ferait plaisir, mais qui n'aurait pas une grande importance.

Bernard et Catherine ont ri, un peu gênés. Ils pensaient sans doute à mon âge, mais dans ma tête j'avais trente ans.

Dehors, les grillons s'étaient tus et la lune éclairait le jardin. Je suis allée me coucher, sachant que je ne dormirais pas beaucoup cette nuit-là.

Au matin, il pleuvait.

Il est dix heures du matin et, comme le chantaient les Rita Mitsouko, par la fenêtre ouverte, triomphe l'été. Je me fais un café et sors le boire sur les marches. J'appuie ma tête sur la vieille porte et plisse un peu les yeux pour contempler les collines qui ont reverdi après quelques jours de pluie, les rares fermes au loin, un troupeau de vaches paisibles…

Tout cela me semble encore bien irréel et pourtant je suis là.

Le lendemain de ma « rencontre » avec la maison, je suis allée à la mairie de Saint-Médard où la secrétaire m'a donné l'adresse de M. Lacoste. De retour chez moi, je lui ai écrit. Je crois que je n'attendais même pas de réponse. Un bon mois après, elle m'est pourtant arrivée. Il m'expliquait que ma demande l'avait surpris, qu'il ne pensait pas que quelqu'un soit intéressé par la maison de Pierrebrune. Mais c'était la maison des parents, tout de même. Ils avaient donc réfléchi, sa femme, ses enfants et lui, et avaient pensé que ceux qui avaient vécu là seraient heureux qu'elle revive. C'était donc oui. Je l'ai relue deux fois, pour être bien sûre, et, les mains tremblantes, j'ai décroché le téléphone pour appeler Catherine. Sa presque colère et sa peur pour moi étaient retombées et son cri était bien un cri de joie.

Nous avons décidé de nous retrouver avec le propriétaire au mois de juillet pour la visite. « Peut-être, après cela, me disait-il, n'en voudrez-vous plus… »

Au matin convenu, j'ai garé ma voiture dans le haut du village et j'ai pris le chemin creux jusqu'à la maison. Catherine aurait bien voulu m'accompagner, mais ma décision ne devait pas être influencée. Quand je suis arrivée, la porte et les fenêtres étaient grandes ouvertes. Un homme est sorti. Il était un peu plus jeune que moi et avait la carrure des paysans du coin, mais ses vêtements disaient qu'il n'en faisait plus partie.

— Monsieur Lacoste ?

— Oui. Bonjour, madame. En vous attendant, j'ai aéré un peu. Après un hiver, ça ne sent pas très bon…

Il m'a regardée en souriant :

— Vous allez déchanter, je le sens !

— Nous verrons bien ! ai-je répondu en lui rendant son sourire.

— Alors allons-y, a-t-il dit en me montrant les marches.

J'étais inquiète, bien sûr, mais je ne voulais pas le montrer. Pourvu que la maison ne me déçoive pas… Sur le seuil, j'ai un peu hésité, j'ai respiré à fond, et je suis entrée. L'unique pièce de vie était assez grande ; elle était carrée, éclairée par trois fenêtres : celles qui donnaient sur l'avant et une autre, que je n'avais pas remarquée parce que ses volets étaient fermés, et qui, elle, donnait sur le chemin. Une de ces grandes cheminées, qu'on appelle ici *cantou,* occupait une partie du mur de droite. Autrefois, en hiver, elles constituaient l'unique moyen de chauffage des habitations. Elles étaient si grandes que, de part et d'autre du foyer, à l'intérieur même de la cheminée, étaient installés deux sièges. C'était traditionnellement la place des grands-parents.

La pièce était encore meublée sommairement. Le badigeon à la chaux s'écaillait, mais le plancher était bon. Il faudrait un peu moderniser l'ensemble. M. Lacoste a précisé :

— Je prendrai les meubles, sauf la table et la pendule, qui ne rentrent pas dans un appartement. C'est convenu avec les enfants. Pour le prix, nous nous arrangerons ; si vous n'en voulez pas, vous pourrez toujours les revendre…

— Je garderai la table et la pendule ; elles sont ici chez elles.

Il m'a remerciée d'un sourire et je me suis rendu compte que, par ces mots, j'avais déjà donné mon accord pour l'achat. Nous avons ensuite poussé une porte, à droite, qui s'ouvrait sur un petit couloir. Il y avait, de part et d'autre, une chambre tapissée de vieux papier fleuri de roses rouges comme on en trouvait dans les années soixante ; elles étaient presque vides. Au bout du couloir, j'ai eu la surprise de découvrir une petite salle d'eau. Elle avait été installée quand les deux vieux n'avaient plus pu faire autrement, tout le monde ayant la sienne maintenant. Finis alors le rasage et la toilette du matin dans l'évier en se regardant dans la petite glace qui ne contenait qu'un demi-visage.

Nous sommes alors allés dans la grange attenante. Il s'y entassait un bric-à-brac d'engins agricoles en pièces détachées, de vieux paniers d'osier éventrés, des sacs de jute qui avaient contenu des pommes de terre, tout ce qui faisait une vie à la campagne et qu'on ne jetait pas, même hors d'usage. Des fagots attendaient d'allumer un feu devenu improbable et des fientes de poules recouvraient le tout de dégoulinades blanchâtres.

— Et l'étable ? Qu'est-elle devenue ?

— Rasée, car elle menaçait ruine. Elle était au bout, là-bas.

Il m'a montré un espace d'herbe jaune, vaguement rectangulaire.

— Un bâtiment dont je n'aurai pas à m'occuper…

— Alors ? C'est pas Versailles, hein ?

— Je ne m'attendais pas à Versailles, et je n'en aurais pas les moyens ! Combien en voulez-vous, à propos ?

La somme annoncée m'a semblé un peu excessive et je l'ai dit. Mais c'était le jeu. Il faut que l'autre puisse faire baisser un peu pour que les deux se sentent gagnants. Finalement, nous nous sommes mis d'accord. Le prix, bien que raisonnable, était plus élevé que si j'avais été « du coin », je le savais bien.

Nous sommes ressortis au grand soleil. Dans la cour, il faudrait tailler la glycine du puits ainsi que les touffes d'hortensias bleus à l'arrière de la maison.

Ce n'était pas Versailles, non. Mais elle n'était pas en si mauvais état. Le toit avait été refait, heureusement. Une tuile ou deux avaient bougé lors d'un récent coup de vent, comme je l'avais remarqué, mais il suffirait de les replacer. Il fallait juste débarbouiller l'ensemble et le faire beau. Je me suis retournée vers M. Lacoste :

— Si la banque est d'accord, je la prends !

J'ai vu son étonnement d'abord, puis la joie dans ses yeux : il savait que j'allais en prendre soin. Je lui ai demandé de me raconter un peu l'histoire de la maison ; j'avais besoin de faire plus ample connaissance avec elle. Il ne savait pas grand-chose ; juste qu'elle avait été bâtie par son arrière grand-père, à la fin du XIXe siècle. Je lui ai alors demandé de me parler de ses souvenirs ici. Il s'est tourné vers la vieille bâtisse, le regard plein d'amour.

— C'est probablement ici que j'ai passé les plus belles années de ma vie. Je ne sais pas si c'est la vérité, mais il me semble que les années soixante étaient douces à vivre, que tout était simple. Ce n'est peut-être qu'une impression. J'étais souvent seul : la maison est isolée. Je n'ai pas eu de frères pour partager mes jeux, mais je ne me souviens pas m'être ennuyé. Il y avait tant à faire ici… J'aidais les parents, j'allais jouer au ruisseau, parfois j'allais jusqu'à Puyssolier. Mes parents sont morts au début des années deux mille, à deux ans d'intervalle. J'ai gardé la maison, je l'ai entretenue, mais, comme vous le savez, j'habite depuis longtemps Chilly-Mazarin et nous ne venons plus beaucoup en Dordogne. Aucun de mes deux enfants ne souhaite la garder. Je suis donc très heureux de vous avoir trouvée…

— Et vos grands-parents, vous les avez connus ?

— Seulement mon grand-père. Ma grand-mère, elle, est morte l'année de ma naissance, je ne sais pas exactement de quoi ; une maladie de cœur, je pense. Elle n'avait que cinquante-six ans. Apparemment, elle avait, comme on disait alors, perdu la tête. Quant au grand-père, il était bourru et ne parlait pas beaucoup. Je ne peux guère vous donner plus de renseignements. C'était des gens d'ici, attachés à leur terre et qui ne l'ont jamais quittée. Mes parents ont repris l'exploitation. Ils sont venus une fois à Chilly ; ils n'avaient qu'une hâte : retrouver leur Pierrebrune, leurs prés et leur calme !

Vivre dans un village abandonné ne vous fait pas peur ? a-t-il demandé soudain comme s'il craignait que ce point ne me fasse changer d'avis.

— Ce ne sont que des maisons vides, et, de chez moi, je ne les verrai pas…

Nous nous sommes séparés après une poignée de main cordiale mais un peu distraite, lui plongé dans ses souvenirs et moi réalisant lentement que j'étais sur le point d'avoir une maison à moi.

Il a fallu attendre les délais légaux et, enfin, nous nous sommes retrouvés chez le notaire. Le soir, j'étais la nouvelle propriétaire de la maison. Je serais la seule habitante de Pierrebrune et je savais que, déjà, les langues allaient bon train : « C'est une de la ville ! Oui, mais c'est la petite de la

Fernande Ravel. La Fernande ? Oui, tu sais, celle qui est partie à Bordeaux, il y a cinquante ans et qui habitait le bourg. Mais, ma pauvre, il y a cinquante ans, je n'étais pas née ! Et pourquoi elle revient ? Ah ! Ça… »

J'ai mis en vente mon appartement, et, comme son prix était raisonnable, il a trouvé preneur rapidement. Il a fait le bonheur d'un jeune couple qui ne souhaitait emménager qu'au début de l'été, à cause d'une mutation, ce qui m'allait parfaitement.

Pendant l'hiver, j'ai demandé aux artisans de venir pour établir des devis puis faire des travaux au printemps. Je dormais de temps à autre chez Catherine pour vérifier que tout se passait comme je le souhaitais. Je ne voulais pas d'une transformation radicale et ils ont travaillé en ce sens. Je trouvais important de conserver les murs blancs de la pièce principale et l'atmosphère de la maison. Dans cette ancienne cuisine, qui serait aussi mon salon et ma salle à manger, la table et la pendule laissées par M. Lacoste m'ont servi de base à l'ameublement. J'ai installé mon canapé rouge près de la fenêtre donnant sur le chemin et un coin cuisine du côté du *cantou*. Il a fallu prévoir un chauffage et une douche neuve dans la salle d'eau qui a été un peu rajeunie. Le chauffagiste m'a conseillé de changer les vieilles menuiseries ; j'ai accepté pour les fenêtres, mais je n'ai pas pu me résoudre à installer une porte moderne. J'ai juste fait réparer l'ancienne, en bois rendu gris par les intempéries, avec son imposte à petits carreaux. J'ai peint les chambres en blanc ; l'une sera à la fois chambre d'amis et petit bureau et l'autre, celle qui donne sur la cour, la mienne.

Aujourd'hui, 20 juillet 2008, je suis dans ma maison depuis trois jours. Les cartons s'entassent encore dans la grange. J'ai juste sorti un peu de vaisselle, que j'ai rangée dans un vieux buffet chiné dans un des premiers vide-greniers de la saison, et un peu de linge. Cette après-midi, Catherine et Bernard doivent venir me donner un coup de main.

Je quitte le soleil à regret et entre dans la pénombre de la maison. Je lave ma tasse au vieil évier de pierre que j'ai voulu garder et entreprends de faire une tarte pour le goûter. Je pense que ça ne m'est pas arrivé depuis bien longtemps. La cuisine n'est pas encore bien aménagée, mais j'ai l'essentiel à portée de main. Je retrouve rapidement les gestes précis ; près du saladier où je pétris la pâte, un rayon de soleil fait briller la cire de la table. Je lève un instant les yeux et je me dis que j'ai de la chance ; pas encore du bonheur, mais pourquoi pas…

Je pétris la farine et le beurre avec une sorte de rage. Rapidement, la pâte devient lisse mais je continue de la malaxer par plaisir. Je coupe des pommes, mets la tarte au four et reste un long moment à la regarder dorer. Jamais, avant, je n'aurais eu l'idée de prendre du temps pour ça.

Nous allons commencer le déballage des cartons. J'ai prévu des grillades pour le dîner et une grosse salade. Des fruits frais compléteront le repas.

À deux heures, j'entends la vieille voiture de Bernard arriver et ralentir sur les cailloux.

— Voilà tes employés ! Et ponctuels !

Je les embrasse ; c'est un vrai réconfort de les avoir tout près.

— Finissez d'entrer, comme on dit ici !

Ils ne se font pas prier et découvrent mon début d'installation. Bernard émet un sifflement admiratif. Catherine s'affale sur mon canapé.

— Eh bien ! Tu as travaillé !

C'est vrai que je n'ai pas chômé. Les déménageurs ont déposé les meubles là où je le leur indiquais et j'ai rangé tout ce que je pouvais. J'avais donné un grand coup de propre quelques jours avant. Je dormais alors chez mes amis, mais je n'avais pas voulu qu'ils voient mon « chez-moi » avant qu'il ne soit un peu digne de ce nom.

Bernard apporte les cartons et déverse un à un leur contenu sur la grande table. Catherine en profite pour admirer mes trésors : le vieux service en Limoges qui me vient de ma mère et qui est si bien emballé qu'il lui faut un bon quart d'heure pour ôter tout le papier, mes livres anciens, des petits riens chinés dans les brocantes et qui donneront une âme à la pièce... Elle demande l'histoire de chaque chose. Je lui donne un petit vase de faïence qu'elle range tout de suite dans son sac, ravie. La vaisselle va dans le vieux buffet et dans le placard aménagé dans le mur près de l'évier. Les livres dans le coin pompeusement baptisé « coin salon », le linge dans les armoires des deux chambres. C'est un premier tri, je rangerai mieux à tête reposée. Dans un des cartons, Catherine trouve mes albums de photos. Nous nous asseyons pour souffler un peu. Bernard nous rejoint. Il est six heures. C'est un peu tard pour un goûter, mais nous avons perdu la notion du temps. Je découpe la tarte et sors de la limonade du réfrigérateur. Nos trois têtes se touchent presque au-dessus des clichés, en noir et blanc pour la plupart. Il y a longtemps que j'ai perdu le goût de fixer sur le papier les moments de ma vie. Les premières photos remontent à ma petite enfance. La maison de Saint-Médard, rachetée par des Anglais qui ne viennent que l'été ; mes parents ; moi, les cheveux coupés court pour éviter les séances de démêlage du matin ; moi encore, en short, les yeux à demi fermés, face au soleil...

— Regarde celle-là ! C'est nous ! crie Catherine.

Nous nous tenons face à l'objectif, bien droites et main dans la main.

— On nous avait acheté la même jupe au marché et ton père nous avait photographiées.

Bernard s'empare de la photo et regarde en souriant la tignasse brune de l'une et les cheveux blonds et fins de l'autre.

— On ne peut pas vous prendre pour des sœurs !

— Nous l'étions presque, pourtant…

Suit une photo du mariage de Jeanne, une voisine. Nous sommes au premier rang, radieuses. Aux extrémités droite et gauche se tiennent l'accordéoniste qui fera danser la noce après le repas et la cuisinière chargée du festin ; elle a gardé son tablier blanc pour qu'on sache bien de qui il s'agit. Une sorte de publicité de l'époque ! Catherine sort une photo d'école.

Toutes les sections sont rassemblées sous le regard bienveillant de notre maîtresse. Notre CE2 est au deuxième rang. Catherine et moi sommes côte à côte, bien sûr ; à ma droite sourit le petit visage de Marilou, l'autre copine bien-aimée. Je le caresse du bout du doigt.

— Marilou… J'aimerais tant la revoir… Tu sais où elle est, maintenant ?

— Oui ! Elle s'est mariée avec un Alsacien qui était venu pour les vacances. Ils sont tombés amoureux et elle est partie vivre là-bas.

— Dis donc ! Passer du Périgord à l'Alsace, ça doit faire un choc !

— Pas tant que ça : ils font aussi du foie gras !

Nous passons en revue les huit autres élèves : Michel vit à Toulouse, un autre est parti accomplir son rêve de devenir berger dans les Pyrénées, les autres se sont exilés là où ils ont trouvé du travail. Parfois, un prénom a du mal à refaire surface.

— Tous partis, à part toi ?

— Et non ! Sauf un !

Catherine pointe du doigt une bouille ronde où luisent des yeux très noirs.

— Euh... Adrien ?

— Voilà ! Adrien Peyrac. C'est même ton voisin !

— Comment ça ?

— Il a gardé la ferme de ses parents à Puyssolier et il est chef de gare à Rézac.

Rézac, c'est la grosse bourgade où nous allons faire les courses ; il s'y tient un marché hebdomadaire et Catherine y a sa petite boutique. Ce n'est pas très joli, mais c'est bien pratique lorsqu'on ne veut pas aller jusqu'à Périgueux. Je suis ravie d'apprendre qu'un autre de mes copains d'enfance vit encore ici, même si, petits, nous ne jouions pas beaucoup ensemble ; les filles restaient entre elles et c'était la même chose pour les garçons. Mais je l'aimais bien ! Je lui rendrai une petite visite un de ces jours. Perdus dans tous ces souvenirs, nous n'avons encore pas vu le temps passer. Il est déjà presque huit heures. Je demande à Bernard d'allumer le barbecue. Il est minuit lorsqu'ils repartent après m'avoir assuré que je pouvais à nouveau compter sur eux dès que je le voudrais.

Dans la salle de bains, je me lave le visage et brosse mes cheveux poussiéreux ; je les laverai demain matin. Ils ont bien repoussé depuis la dernière coupe et me donnent un air de sauvageonne. Ils sont encore très bruns, avec juste quelques fils blancs çà et là. Je tiens ça de mon grand-père. Je trouve que, grâce à eux, je ne fais pas mon âge, d'autant plus que je n'ai pas de rides. Juste un petit affaissement des joues. Demain, j'irai chez le coiffeur et je m'achèterai – pourquoi pas ? – un peu de maquillage. Pour qui ? Pour quoi ? Après réflexion, je décide : pour moi, simplement. Cette nouvelle vie est peut-être un leurre. Elle ne sera pas pire que celle d'avant, faite de mensonges, de tricheries qui ne me ressemblaient pas. J'aime la vie, mais j'avais l'impression d'évoluer à contretemps, pas en mesure, pas au rythme qui me convenait. Si je n'avais pas rompu avec Guillaume, où en serais-je maintenant ? Au bord de la dépression, certainement, taraudée par l'idée de faire du mal à une autre femme, prise dans un piège d'où j'avais réussi à m'échapper à temps, et j'en étais fière.

Je finirai ma vie seule, sans doute. Et alors ? Sauf si je suis séduite par un agriculteur du coin ; dans ce cas, je passerai ma retraite à m'occuper des vaches. Je ris toute seule. Je ne m'y vois pas, et aucun gars d'ici ne s'encombrerait d'une « de la ville » !

Il est une heure du matin ; je me glisse dans mon lit avec un sentiment de paix, l'impression que tout est bien en place maintenant.

Le lendemain, je vais à Rézac. Je redécouvre à chaque fois la route toute en virages qui longe un instant la rivière puis grimpe vers le sommet de la colline. Dix minutes suffisent. On entre dans la petite ville par une route bordée de vieux platanes, puis on arrive à l'ancien champ de foire reconverti en parking. C'est triste et laid. Il faut avancer encore pour atteindre le centre : une place entourée de commerces de plus en plus rares et de maisons à étages, serrées les unes contre les autres. Le salon de coiffure, que je ne reconnais pas tant il a été rénové, se trouve là. C'est un jeune coiffeur qui m'accueille dans une salle où les casques chauffants de mon enfance ont fait place à du matériel moderne ; M. Rousseau, qui coiffait maman, a dû arrêter son activité depuis longtemps déjà. Je lui explique que je veux une coupe plus courte. Il promet de me rajeunir de dix ans ; je n'en demande pas tant.

Pendant qu'il coupe, il essaie de me tirer les vers du nez. Est-ce que je suis de passage ? Il ne m'a jamais vue. J'en dis le moins possible. Je n'ai pas envie de raconter ma vie. Au bout d'un moment, il renonce et cède la place à une jeune fille pour le séchage. Quand elle a fini, elle positionne une glace derrière ma tête pour que je puisse admirer l'œuvre du maître sous tous les angles. Je mets mes lunettes et j'ai du mal à me reconnaître. Mes cheveux dansent autour de mon visage, mais se remettent en place, seuls. La coupe est parfaite. Mon sourire satisfait l'atteste. Dehors, je me regarde dans les vitrines, encore étonnée par cette nouvelle image. Je m'achète du mascara, un crayon pour les yeux et du rose pour les joues. Pas de rouge à lèvres. Je n'ai jamais aimé ça. Je remplis le coffre de ma voiture de victuailles pour la semaine. Comme toutes les femmes à la campagne, j'ai un petit congélateur. Pas question ici de faire les courses quotidiennement, comme en ville. Je découvre d'autres rythmes. En rentrant, je fais une liste des « choses à faire » : repeindre les volets en gris, en attendant d'en mettre des neufs ; acheter une tondeuse, un sécateur et des cisailles ; désherber le petit massif devant la maison : nettoyer les marches ; acheter des rideaux blancs ; débarrasser la grange ; explorer le grenier au-dessus de la grange et aussi rendre visite aux habitants de Puyssolier et essayer de retrouver Adrien Peyrac.

Mes baskets de toile se gorgent de l'eau du chemin. Il a plu cette nuit. Une pluie d'été, violente et brève, qui m'a réveillée en tambourinant sur les tuiles. Un « ploc-ploc » au-dessus de la fenêtre m'a avertie qu'une gouttière était à changer. À rajouter sur ma liste des choses à faire. Au matin, le ciel était gris, et une légère brume montait du ruisseau. La fraîcheur était agréable, après ces jours de chaleur. C'était le temps idéal pour aller marcher : j'irais donc à Puyssolier. Je suis partie après le déjeuner.

J'aperçois maintenant les toits du hameau derrière les chênes. Je ne sais pas vraiment ce que je vais faire. Je m'imagine mal frappant aux portes en déclarant : « Bonjour ! Je suis la nouvelle de Pierrebrune ! » Je pense plutôt demander la maison d'Adrien à la première personne rencontrée et – pourquoi pas ? – engager la conversation. J'arrive dans l'unique rue. Devant une porte, une vieille femme ôte ses sabots de caoutchouc avant d'entrer. Elle s'appuie d'une main au volet de bois et, de l'autre, tire sur une chaussure. Elle me tourne le dos, et je vois sa silhouette frêle vaciller un instant et s'asseoir sur le banc installé contre la façade. J'accélère le pas et arrive à sa hauteur.

— Ça ne va pas ?

— Si, si… Ah ! Ma pauvre ! C'est l'âge. J'ai des étourdissements, de temps en temps.

Elle me regarde attentivement.

— Vous êtes en vacances ici, peut-être ?

— Non, je viens d'acheter une maison, celle des Lacoste à Pierrebrune et je compte vivre ici.

— À Pierrebrune ? Quelle drôle d'idée ! Il n'y a plus personne à Pierrebrune. Et comment êtes-vous arrivée là ?

Je sens bien qu'elle veut savoir qui je suis. Mais, après tout, je suis venue pour faire connaissance avec les habitants. Un nouvel arrivant, dans une petite commune du Nord du Périgord, attise toutes les curiosités ; alors je me lance.

— Je suis née ici ; je ne sais pas si vous l'avez connue, mais je suis la fille de Fernande Ravel.

Elle a relevé la tête brusquement.

— Si je l'ai connue, la Fernande ? C'était mon amie. Elle est partie ; et puis, un an après, plus de nouvelles...

Et me tutoyant soudain :

— Tu es sa fille ? La Cécile ?

— Oui. Et vous, vous êtes Maria ? Je me souviens de vous... de toi. Je te disais tu, quand j'étais petite.

Elle se recule un peu et plisse les yeux pour mieux voir. Soudain, je sens ses bras maigres autour de moi et sa main qui tapote mon dos. Elle s'écarte et me regarde des pieds à la tête.

Maria était une amie, l'amie de ma mère. J'avais oublié qu'elle habitait Puyssolier. Je lui raconte mon histoire, l'histoire de ma mère, sa maladie. Elle hoche la tête en répétant :

— Ah, ben ça ! Ah, ben ça !.... Mais tu veux rester toute l'année ici ?

— Je crois bien que oui. Tu viendras voir la maison. Elle a changé, tu sais.

Elle sourit :

— Je suis bien contente que quelqu'un habite là-bas. Mais tu vas t'ennuyer cet hiver.

— J'y ai pensé, bien sûr, mais nous verrons bien.

Elle m'invite à entrer boire un café. La cuisine est sombre et basse de plafond. Aucune rénovation digne de ce nom n'a été entreprise depuis la construction de la maison, au début du XXe siècle. Seules concessions au modernisme : un réfrigérateur qui ronronne doucement et un poste de télévision dans un coin. Une cuisinière à bois, pour l'hiver, et une à gaz, pour l'été, sont installées dans le *cantou.* Une grande table occupe une bonne partie de la pièce. Elle vit seule, ses enfants étant partis une fois mariés. Elle est veuve depuis de longues années.

Elle fait réchauffer du café dans une petite casserole et le verse dans deux verres à moutarde. Elle ouvre un paquet de petits-beurre et en dispose quelques-uns dans une assiette. Nous trempons toutes les deux les biscuits dans le café. Elle me raconte que la vie n'a pas beaucoup changé depuis notre départ. Sa fille, avec qui je suis allée à l'école, n'habite pas loin et vient de temps à autre avec son fils.

— Bon ! Les jeunes, maintenant, ils ont « interné », ou un truc comme ça. Le Ludo de ma fille, quand il vient, il se met dans un coin avec son machin et on ne l'entend pas.

— Internet, Maria. On dit « internète » ; c'est un mot anglais.

— Oh… Peut-être. Tu sais, moi, l'anglais, je ne connais pas. Bon, alors Internète… Et ta mère ? Elle est malade, tu disais ?

— Oui, et j'ai dû la mettre en maison de retraite, la pauvre. J'irai la voir toutes les semaines, tu sais. Oh ! Maria, je suis contente de t'avoir retrouvée !

— Moi aussi, ma petite, je suis contente.

À ses yeux qui brillent, je sais qu'elle dit vrai. Je ris intérieurement de m'entendre appeler « ma petite », mais ce n'est pas désagréable ! Nous buvons notre café en bavardant de la vie, de la pluie de la nuit, du chat qui se fait vieux, lui aussi.

— Et toi, Maria, tu ne t'ennuies pas, ici, parfois ?

— Tu sais, moi je suis née ici, j'habite cette maison depuis mon mariage, ça fait donc soixante ans. Qu'est-ce que je ferais, ailleurs ? Mon mari est mort il y a huit ans maintenant et j'ai vendu les deux vaches qu'il avait gardées. C'est Jeantou qui loue mes terrains. Ça ne me rapporte presque rien, mais à la campagne on n'aime pas se séparer de la terre.

— Qu'est-ce que tu fais de tes journées ?

— L'été, c'est facile : je fais encore un peu de jardin, je me promène sur les chemins que les jeunes ont dégagés, comme quand j'étais jeune. On n'utilisait pas beaucoup les routes, à l'époque. L'hiver, j'écoute la radio, je lis mon *Sud Ouest* et des livres aussi. Oh ! Pas de la grande littérature, des livres qui parlent de chez nous, des histoires d'ici.

Du menton, elle m'indique la maison voisine :

— Jeantou et Denise m'amènent tous les samedis au marché de Rézac. Il y a une bibliothèque et une librairie. Mais je n'achète pas souvent : c'est cher, les livres. Tiens ! À propos ! Il y en a un que j'aimerais bien lire, mais ils ne l'ont pas, à Rézac. Ils en ont parlé l'autre jour sur Radio Périgord. C'est un livre qui parle de la guerre et du maquis chez nous. Il faudrait que j'aille à Périgueux, mais ça…

Elle fait un geste qui signifie que c'est plus qu'improbable.

— Si tu me donnes le titre, je pourrai l'avoir !

— Ah bon ?

— Tu sais, cet Internet qui empêche ton petit de te parler, il est parfois utile !

Elle va chercher un papier où elle avait écrit au crayon le titre de l'ouvrage, *La Résistance en Périgord vert* et me le tend.

— Tu t'intéresses aux histoires de guerre ?

Elle baisse les yeux et se met à gratter une tache imaginaire sur la toile cirée, comme si je l'avais prise en faute. Sans véritablement comprendre pourquoi, je sens que je ne dois pas m'étendre sur le sujet.

— J'étais petite, mais je m'en souviens, de la guerre, dit-elle doucement.

— Je trouve que c'est très bien de lire ; je reviendrai te voir dès que je l'aurai.

Son visage est redevenu joyeux ; elle me remercie, se lève pour laver son verre dans l'évier.

— Ah ! J'oubliais… Catherine m'a dit qu'Adrien Peyrac habite toujours ici. Dis-moi où est sa maison, que je lui rende une petite visite.

Elle se dirige vers la porte et pointe le doigt vers le bout du village.

— Regarde, c'est cette maison, là, avec la barrière. Mais tu ne le trouveras pas ; il n'est pas encore rentré du travail. Je vais te donner son numéro de téléphone. Tu pourras l'appeler.

Elle ouvre le tiroir de la grande table, en sort un cahier où sont inscrits en gros les numéros des voisins au cas où… Elle recopie celui d'Adrien sur une page vierge qu'elle détache et qu'elle me tend. Je plie le papier et le glisse dans la poche de mon coupe-vent avec le titre du livre.

— Le pauvre… Il a perdu sa femme il y a cinq ans.

— Il habite seul ?

Elle hoche la tête. Il faut croire que je me faisais une idée fausse des messieurs seuls à la campagne ; je pensais qu'ils avaient tendance à se laisser aller, puisque plus aucune femme n'était là pour s'occuper de la maison. La sienne est impeccable. Extérieurement au moins. Pas un brin d'herbe dans la petite allée, un beau rosier contre la façade, de jolis rideaux aux fenêtres…

Je pourrais rester là des heures, dans la pénombre de cette vieille cuisine, le verre chaud entre mes mains. Il faut pourtant repartir ; je bois le reste du café, et je me lève.

— À bientôt ! Avec le livre !

Elle m'accompagne sur le seuil ; quelque chose a changé aujourd'hui dans sa vie monotone. Ce soir, elle chantonnera peut-être en préparant son dîner. Comme je passe la porte, sa main me retient un instant.

— Et ton père ? Tu le revois ? Tu as des nouvelles ?

— Je n'ai pas très envie d'en parler, tu sais. J'ai cessé de le voir un an après son départ. Je ne sais pas ce qu'il est devenu.

Je sens les larmes arriver et je respire profondément pour tenter de les refouler. La douleur que je croyais vaincue a ressurgi brusquement, me prenant au dépourvu. Maria s'en rend bien compte. Elle pose sa main sur mon bras doucement.

— Ne juge pas trop vite, Cécile.

Comment peut-elle dire cela ? Comment ne pas juger ? Je pose un baiser sur sa joue sans rien ajouter. Dehors, le soleil est revenu et mes baskets ont séché. Dès ce soir, je vais commander le livre. Je pousse jusqu'au bout du hameau, que je connais mais que je n'ai jamais vraiment regardé. C'est un mélange de fermes traditionnelles, quelques-unes remises au goût du jour, coquettes avec leurs volets repeints en vert ou en bleu, d'autres, celles des vieux qui sont encore là, restées telles qu'elles étaient dans mon enfance et des résidences secondaires avec pelouse tondue, massifs de fleurs, bâtiments agricoles reconvertis et piscine pour certaines ; au centre se dresse une grosse maison de maître dont on ne devine rien car elle est entourée de hauts murs. Je ne sais pas qui l'habite. Pas un chat sur la route (on ne peut pas parler de rue). Au niveau de la dernière maison, celle d'un Anglais, elle se scinde en deux : la voie de gauche, bordée de pommiers, conduit à Saint-Médard et celle de droite, mène à Pierrebrune. Mais passer par le chemin, si on est à pied, est beaucoup plus court. Je fais demi-tour et repasse devant la maison d'Adrien.

Décidément, elle est très bien entretenue…

Arrivée chez moi, je commande le livre de Maria. Il sera là dans trois jours. Imbattable, cet « interné » ! Voilà une occasion pour revenir à Puyssolier. Demain, ce sera visite à la déchetterie : j'ai commencé à vider la grange et tout est entassé dans la cour. Je n'ai rien trouvé d'intéressant, seulement des vieilleries. Parmi elles, un petit tracteur rouge en bois auquel il manque deux roues m'intrigue ; c'est certainement celui de M. Lacoste. J'ai décidé de le garder ; il sera content de le retrouver. Le jouet était accompagné d'une enveloppe contenant un dessin d'enfant. Il représente la folle floraison de la glycine sur le puits. La perspective n'est pas respectée, mais le petit artiste a utilisé plusieurs tons de violet pour les fleurs et n'a pas oublié l'ombre qui indique une fin d'après-midi. Guy Lacoste, ce ne peut être que lui, montre là un réel talent. S'en est-il servi par la suite ? J'ai rangé le dessin dans le tiroir de ma grande table. Il me reste beaucoup à faire : des planches sont entassées dans le fond. On a jeté dessus pêle-mêle de vieux cageots destinés sans doute à allumer le feu, des boîtes en carton, des chiffons… Je verrai cela plus tard. Je ne pensais pas la tâche aussi ardue. Pour cette fois, Bernard me prête sa remorque. Il voulait se charger de la corvée, mais j'ai décidé d'assumer ma vie en solitaire. Le vent a poussé les nuages et c'est dans un ciel parfaitement bleu que le soleil amorce sa descente. La maison est déjà dans l'ombre des arbres. Je me prépare une salade et des œufs durs qui seront suivis d'une barquette de fraises achetée à l'épicerie de Saint-Médard.

Samedi, je suis allée à Bordeaux voir ma mère à la maison de retraite. Comme d'habitude, il n'y avait pas beaucoup de circulation sur l'autoroute et je suis entrée dans l'agglomération en fin de matinée. Je suis allée m'acheter un sandwich et je l'ai mangé en flânant dans les rues, retardant sans doute le moment de prendre le tram jusqu'à elle. J'avais projeté de passer voir Camille, mon amie de lycée. Elle avait été ravie de mon coup de téléphone et m'attendait dans la soirée. Je ne repartirais que le lendemain.

À deux heures, résignée, j'ai pris le chemin de la résidence du Parc, ne sachant pas ce qui m'y attendait, comme à chaque fois. J'avais apporté des fleurs dans les tons de rose que maman aimait, mais les verrait-elle ? Lorsque j'ai ouvert la porte, elle m'a accueillie par un sourire rassurant, aussitôt démenti par le « bonjour, madame » qui m'a glacée. La maladie avançait et il n'y avait pas d'échappatoire. J'ai posé un baiser sur sa joue ; elle a dit que les infirmières étaient, décidément, bien gentilles.

Maman avait été une jolie femme, menue et vive. Quand mon père était parti, elle avait fait face avec dignité. Elle avait trouvé des heures de ménage qui, ajoutées à la maigre pension qu'il lui donnait, permettaient de continuer à vivre comme avant. J'avais pu ainsi poursuivre mes études, au prix, je suppose, de bien des sacrifices. Après le lycée, j'étais entrée à l'école d'infirmières. Ce n'était pas un véritable choix, car je ne savais pas quel métier j'avais envie d'exercer. J'avais passé le concours avec succès et ma mère était tellement fière de moi, elle avait tant fait pour que j'y arrive, que je ne me sentais pas le droit de la décevoir. Pourquoi pas infirmière, après tout ? Par chance, il s'était avéré que, très vite, j'avais aimé ce travail d'équipe, aimé soulager les malades et presque aimé ses contraintes, ses horaires difficiles. J'avais travaillé à l'hôpital pendant de longues années, puis, un poste d'infirmière libérale étant vaquant, je m'étais lancée dans l'aventure avec une associée. Là encore, les horaires décalés, tôt le matin et tard le soir, ne me dérangeaient pas, puisque j'étais seule à la maison. Mais, à la longue, la fatigue accumulée et mon histoire avec Guillaume avaient eu raison de ma patience et de ma disponibilité. Il était temps de laisser la place, de souffler enfin.

Maman avait toujours pris soin d'elle, même au seuil de la vieillesse. Lorsque les premiers signes de la maladie étaient apparus, j'avais essayé de faire face, de la garder auprès de moi, mais, très vite, je m'étais rendu compte que c'était impossible. Mon salaire ne me permettait pas d'employer une personne à demeure pendant que je travaillais. Une maison spécialisée avait été la seule solution, même si j'y consacrais une partie de mes économies. C'est pour cela aussi que je n'aurais pas pu acheter une autre maison que celle de Guy Lacoste financée en grande partie grâce à la vente de mon tout petit appartement.

— Je suis Cécile, maman, ai-je murmuré, sans espoir de réaction de sa part.

— Cécile ? Ma mère s'appelait comme ça.

Je n'ai pas eu le cœur de rectifier. À quoi bon ? Sa mère s'appelait Marguerite, mais dans son esprit nous n'étions peut-être plus qu'une seule personne.

Je me suis assise près d'elle ; elle avait été coiffée et légèrement maquillée. Un peu de poudre et de rouge sur les joues. Ma visite avait été préparée. Elle m'a parlé des gens qui l'entouraient et qui, assurait-elle, venaient tous de son village. Je n'ai pas pu m'empêcher de lui demander :

— Et Maria ?

— Maria ?

Elle a baissé la tête un long moment, semblant chercher dans ses souvenirs.

— Non. Maria n'est pas là. Elle est restée à Puyssolier, elle. La pauvre ! Avec ce qu'elle a vu...

— Qu'a-t-elle vu, maman ?

Mais elle s'était fermée à nouveau. Ce moment de lucidité m'a étonnée et déroutée. Elle semblait savoir qui était Maria, mais elle ne se souvenait de moi que par intermittences. Qu'avait-elle voulu dire par « Avec ce qu'elle a vu... » ? Probablement rien. Une invention de son esprit malade. Elle est restée ensuite les yeux dans le vague sans réagir à aucun de mes propos. Juste, au bout de longues minutes où je ne trouvais plus rien à dire :

— Fatiguée...

Je l'ai aidée à se lever et à s'étendre pour sa sieste. J'ai mis le bouquet dans un vase, sur la petite table, et j'ai posé un baiser sur son front. Elle a souri. Je me suis rendu compte qu'elle chantonnait. Arrivée à la porte, je me suis retournée pour lui envoyer un dernier baiser, mais elle dormait déjà.

J'ai interrogé l'infirmière de service ; elle m'a dit que l'état de ma mère était stationnaire : des moments de lucidité, avec ou sans mémoire, succédaient à d'autres ponctués de longs silences. Il fallait alors la faire manger, s'occuper d'elle comme de l'enfant qu'elle redevenait. Parfois, le lendemain, elle avait retrouvé sa gaieté, comme si la veille n'avait pas existé. J'étais tombée sur un mauvais jour. « Un jour sans », m'a-t-elle dit.

J'ai repris le tram vers le centre-ville le cœur gros. Je ne lui manquais pas, puisqu'elle ne se souvenait pas de moi. J'ai acheté des cannelés pour Camille. Lorsque nous étions jeunes, elle en faisait une consommation effrénée ; c'est vrai qu'ils n'étaient pas encore à la mode et, donc, bien moins chers qu'aujourd'hui. J'ai remonté la rue Sainte-Catherine à pied jusqu'à son appartement, souriant à l'idée qu'elle était restée dans le quartier étudiant malgré son âge. Elle a ouvert la porte à mon premier coup de sonnette et j'ai eu soudain ses bras autour de mon cou. Elle m'a fait entrer. Il y avait toujours la tenture indienne au mur…

— Alors, raconte !

— Pas grand-chose à raconter, tu sais…

— Mais ta maison ?

— Ah ! Ma maison…

Alors, je lui ai raconté la maison : les murs blancs, les futurs rideaux blancs, mais aussi le canapé rouge et les coussins de couleur, le vieux puits, le bonheur d'être réveillée par le soleil et le chant des oiseaux, le calme du soir, la beauté des collines et des bois…

— Oui, je vois. Et le revers de la médaille ?

— Quel revers ?

— Tu ne connais plus personne là-bas ! Tu vas vite tourner en rond.

— Je connais Catherine et Bernard, Maria…

— Quel âge, Maria ?

J'ai avoué dans un souffle :

— Quatre-vingt ans, à peu près.

— Et tu vas aux thés dansants, aussi ?

— Tu es bête ! Maria était l'amie de ma mère. J'ai aussi retrouvé un garçon qui était en classe avec moi, à Saint-Médard.

— Plus intéressant ! Comment est-il, ce... je n'ose pas dire « jeune homme » ?

— Je ne l'ai pas encore rencontré ; je sais où il habite. Je dois lui rendre visite un de ces jours.

Elle a secoué la tête doucement.

— Tu es en train de te couper du monde, Cécile, fais attention !

— Mais non, puisque je suis là ! J'ai des bouquins, j'ai Internet...

— Je viendrai voir ça de plus près un de ces jours.

— Rien ne pourrait me faire plus plaisir, tu le sais.

— Bon ! Passons aux choses sérieuses ! a-t-elle dit en ouvrant la boîte de gâteaux.

Ma Camille ! Elle ne changeait pas. Ses cheveux encore bruns, peut-être avec l'aide d'une couleur, étaient coupés au carré, comme quand elle avait vingt ans. Elle avait mené ce qu'on appelle une « vie agitée », et ne s'était jamais mariée. De ce fait, nous étions restées proches, les autres filles ayant leur vie de famille dont nous ne faisions pas partie. Son rêve aurait été de vivre dans une échoppe, mais le cours de l'immobilier à Bordeaux l'en avait dissuadée. Elle avait donc gardé son deux pièces, acheté avec ses premières économies. Elle était gérante d'une boutique de décoration et travaillait encore. Aujourd'hui, exceptionnellement, elle en avait laissé la responsabilité à sa vendeuse pour passer du temps avec moi. Un peu avant huit heures, elle a décidé qu'il était grand temps de dîner et m'a demandé de mettre la table. Elle m'a tendu trois assiettes. J'ai ri en la traitant de vieille gâteuse. Elle a finalement posé la vaisselle sur la table elle-même.

— Non, je sais encore ce que je fais...

Au même moment, la sonnette a retenti. Camille a levé l'index et a juste dit :

— Surprise !

Qu'avait-elle encore imaginé, ma folle ? Elle a ouvert la porte sur une dame brune un peu ronde dont le visage me rappelait vaguement quelqu'un. Sans doute une amie à elle, entrevue un jour dans sa boutique. Mais pourquoi l'avoir invitée ce soir, sans m'avertir ?

La dame souriait timidement en me regardant.

— Bonjour, Cécile, a-t-elle dit simplement.

J'ai soudain compris. J'ai trébuché maladroitement en avançant vers elle et j'ai serré Lise contre moi sans rien dire. Bientôt nous étions toutes les trois entre rires et larmes, pardons et mercis. Je me suis aperçue très vite que, si elle ne m'avait pas contactée plus tôt, c'est qu'elle éprouvait les mêmes sentiments de peur et de culpabilité que moi. C'est Camille qui avait pris la décision pour nous et tout organisé. Trois vieilles ados, voilà ce que nous étions !

Nous avons discuté tard ; elles m'ont raconté ce qu'elles savaient de nos anciens camarades, m'ont questionnée sur la vie à la campagne, qui était pour elles d'un exotisme fou. Camille a parlé du prochain voyage au Pérou qu'elle allait certainement faire. Nous nous sommes quittées avec Lise sur la promesse de nous revoir bientôt, de ne pas laisser la négligence s'installer et nous séparer à nouveau.

Pour me détendre, Camille m'a fait rire, comme avant. Elle a pris le canapé du salon, et moi sa chambre. Je me suis assoupie dans le bruit de la circulation nocturne, réveillée plusieurs fois en me demandant où j'étais, et j'ai fini par me lever à sept heures et demie. Camille était déjà dans la cuisine et avait préparé le café.

— Je ne te demande pas si tu as bien dormi, il n'y a qu'à te regarder, a-t-elle dit en riant.

— Pas grave… Je me rattraperai cette semaine !

Nous avons reparlé de la soirée en buvant un café bien fort, comme je les aime, et en terminant la boîte de cannelés. Camille a balayé mes remerciements d'un revers de main : elle avait été aussi heureuse que nous. Elle m'a accompagnée ensuite jusqu'à la voiture. J'ai vu sa main s'agiter dans mon rétroviseur jusqu'à ce que des passants pressés la cachent à mon regard.

Voilà deux jours que je suis rentrée de Bordeaux et je n'ai pas amené son livre à Maria. Je l'ai un peu feuilleté : c'est un ouvrage assez complet sur le nord de la Dordogne dans les années quarante, illustré de nombreuses photos. Je calcule qu'elle avait onze ou douze ans à l'époque. Elle n'a vu les événements qu'avec ses yeux d'enfant. Mais les yeux des enfants voyaient alors peut-être beaucoup de choses. Mon grand-père m'avait un peu raconté la guerre, mais il n'aimait pas en parler. J'ai su, après sa mort, qu'il avait aidé quantité de réfugiés, Alsaciens pour la plupart, à leur arrivée. Puis la zone libre avait fini par être occupée elle aussi. De quoi se souvenait Maria ? Les paroles de ma mère me reviennent alors en mémoire : « Avec ce qu'elle a vu… » Y a-t-il un rapport ? Peut-on se fier aux paroles d'une pauvre femme qui confond sa fille avec sa mère ? Mais Maria est curieuse ; il est normal qu'elle veuille se documenter sur des faits qui se sont déroulés près de chez elle. Les gens lisent plus volontiers des récits ou des romans dont l'action se situe dans des lieux qu'ils connaissent.

J'emballe le livre dans un joli papier ; je vais le lui offrir cette après-midi. Je mets le dernier morceau de ruban adhésif lorsque j'entends frapper à la porte. Qui cela peut-il être ? Je jette un œil autour de moi. Tout est à peu près en ordre. Je suis obligée d'aller voir : la radio allumée atteste ma présence. J'ouvre la porte, mi-inquiète, mi-intriguée. Un homme se tient sur le seuil. Un démarcheur ne serait pas venu jusqu'ici. Pas de véhicule dans le chemin. Mon air étonné semble l'amuser.

— Bonjour ! Vous êtes Cécile ?

— Oui. Bonjour, monsieur…

Il me tend la main et son sourire se fait plus large.

— Je suis Adrien Peyrac. Maria m'a dit que vous… que tu étais passée l'autre jour.

— Ça, alors ! J'avais l'intention de te rendre visite dans la soirée. Je ne t'aurais pas reconnu ! Entre.

Je me recule pour le laisser passer. Il regarde autour de lui sans dissimulation.

— Elle a changé, la maison des Lacoste !

— Assieds-toi. J'étais en train d'emballer un livre pour Maria.

Je roule en boule les chutes de papier et les mets dans la poubelle. Je suis un peu gênée, je ne sais pas très bien quoi dire à mon visiteur, mais c'est lui qui prend la parole.

— Quand j'ai su que tu habitais ici, j'ai repris mes photos d'école pour revoir ton visage. Ne m'en veux pas, mais il y a si longtemps que tu es partie…

— Ne t'excuse pas, c'est Catherine qui m'a parlé de toi, également à propos d'une vieille photo.

— Mais je me suis vite souvenu de toi. J'étais un cours au-dessus de toi et, quand tu es partie, j'étais déjà entré en sixième.

Pendant qu'il parle, qu'il raconte des souvenirs d'enfance, je le regarde discrètement. Il ne ressemble plus au petit garçon de la photo. Ses cheveux sont gris et il n'a plus son visage rond d'enfant. Pourtant je retrouve, dans ses mimiques, dans sa façon de parler, l'Adrien d'avant. Il a un an de plus que moi, c'est vrai. Après la classe, il me raccompagnait chez moi. Lui, il habitait plus loin. Le matin, il passait me chercher et ma mère me confiait volontiers à cet enfant si sage. Il ne ressemble pas beaucoup aux hommes du village. Il est vêtu avec soin, quoique simplement et porte une attention certaine à l'harmonie des couleurs. Il me parle maintenant de son travail à la gare et m'interroge sur ma vie. Je n'ai pas vraiment envie d'en parler et propose un café qu'il accepte aussitôt. Pendant que je le prépare, nous continuons à bavarder de la pluie et du beau temps, comme si nous nous étions quittés la semaine dernière.

— J'étais venu t'inviter à passer chez moi quand tu voudras, en fait. Mais je voulais d'abord voir si tu n'étais pas devenue bêcheuse. C'est pour ça que je n'ai pas téléphoné.

— Et ? J'ai passé l'entretien avec succès ?

— Je pense que ça ira ! J'ai retrouvé la Cécile d'avant. Un peu changée, bien sûr, mais tu peux venir !

— Tu m'en vois ravie ! Je devais apporter ce livre à Maria cette après-midi, mais ça fait un peu juste, non ?

— Maria n'est pas là aujourd'hui. Sa fille la conduite chez l'ophtalmo à Périgueux. Je pense qu'elles vont en profiter pour faire des courses. Demain, je ne travaille pas. Tu peux venir vers quatre heures.

— C'est parfait ! Je vais donc aller à Rézac aujourd'hui. J'ai besoin d'une tondeuse, dis-je en montrant l'herbe par la porte restée ouverte.

— Tu ne pourras pas tout faire à la tondeuse. Il faudrait une débroussailleuse.

— Pour ça, j'emploierai quelqu'un. Je ne me sens pas le courage de le faire.

Il se lève, sort sur le petit perron pour juger de l'ampleur des dégâts.

— Si tu viens prendre le café à la maison demain, je viendrai t'aider dimanche.

Et il ajoute en redressant la tête d'un air fier et comique :
— J'ai une débroussailleuse, moi !
— Voilà une proposition qui ne se refuse pas !
— Alors à demain, dans un premier temps !
Avant que j'aie pu réagir, il m'a embrassée sur les deux joues.
— Comme avant ! dit-il.

Je le regarde s'éloigner. Comme moi, il a préféré le chemin et la marche à pied à la route et à la voiture. Un bon point pour lui.

Comme la semaine dernière, je traverse Puyssolier. Je sens des regards accrochés à mon dos, même si je ne vois personne. La maison de Maria est fermée. Elle doit être derrière, au jardin, mais, de la route, je ne peux pas le voir. Un rideau a bougé légèrement chez ses voisins, Jeantou et Denise. J'envoie un sourire vers la porte, histoire de montrer que je ne suis pas dupe, mais aussi que je suis pleine de bonnes intentions. Il fait chaud, et, si on n'a rien à faire d'urgent dehors, on reste au frais. La maison de l'Anglais est bien jolie ; il a fait tomber le crépi pour laisser les pierres apparentes et les massifs débordent de fleurs. Quelques mètres plus loin, je me retourne pour la voir sous un autre angle. Un rectangle plus sombre se détache sur le mur qui m'était caché tout à l'heure. Je ne l'avais jamais remarqué et il m'intrigue un peu. Je fais demi-tour et je m'approche. On dirait une plaque avec une inscription. Ma curiosité étant la plus forte, je vais jusqu'à elle. Il s'agit d'une plaque commémorative. Dessus, une date, *10 mars 1944*, suivie de dix noms. Une brève explication signale que ce jour-là, dix hommes ont été tués ici par les Allemands. J'avais entendu parler de cette histoire, dans mon enfance, car elle avait traumatisé la commune et, de longues années après, on en parlait encore. Mais je n'avais entendu que des bribes de conversations, des propos échangés à voix presque basse et à mots couverts. On n'aime pas parler de ces choses-là. Il faudra que je me renseigne. Maria, qui est intéressée par cette période, pourra peut-être m'éclairer. Je n'oublie pas que je suis venue à l'invitation d'Adrien et qu'il m'attend. Je me dirige donc vers la barrière de châtaignier. Je ne l'ai pas passée que la porte s'ouvre, et il apparaît sur le seuil, les bras levés.

Il a toujours ce sourire un peu triste qu'il avait déjà enfant, mais ses yeux rieurs sont pleins de malice.

— Elle est venue ! Quelle chance j'ai !

— N'en fais pas trop, Adrien ! dis-je en riant.

Je lui tends le gâteau que j'ai acheté pour accompagner notre café.

— Ah ! Tu t'es dit qu'un homme seul, ça ne savait pas cuisiner ! Eh bien, je t'ai fait une tarte aux framboises, ma belle !

Je suis un peu confuse, car, c'est vrai, je ne pensais pas qu'il aurait préparé quelque chose. Je le suis dans la maison ; il me fait asseoir dans le canapé pendant qu'il va à la cuisine déballer mon gâteau et mettre le sien sur un plat. J'en profite pour regarder autour de moi. La pièce est agréable et bien rangée. Il a disposé un bouquet de fleurs du jardin sur le rebord de la fenêtre. De la musique, Vivaldi je crois, vient de la cuisine. Est-ce pour ma venue ou la maison est-elle toujours comme ça ? Il faudrait venir à l'improviste pour le savoir.

Il revient, un plat dans chaque main, disant que nous n'allons pas mourir de faim.

— Café ou thé ?

— Je préfère un thé, si cela ne te dérange pas.

Il dit que non et disparaît à nouveau. Sa tarte est superbe. Décidément, il m'étonne. Il sort de jolies assiettes et nous sert. Après un petit moment de silence, pour déguster les framboises du jardin autant que pour chercher comment amorcer la conversation, il se lève et pose sur la table une grosse enveloppe.

— Des photos, fait-il. Des photos de quand on était petits.

Que de photos, depuis mon installation ! Il vide le contenu sur la table. Très vite, je reconnais certaines scènes : une fête de Noël à l'école ; lui posant avec le Père Noël, un sourire moqueur sur les lèvres ; un voyage au Mont-Dore, avec une bonne partie des habitants du village. Les sorties étaient très rares à l'époque, et on ne ratait aucune occasion. Il me tend un cliché sur lequel des communiants sont alignés. Je le reconnais, bien sûr, mais il met son doigt sur une petite fille : moi. C'était ma « communion privée » et je ne portais pas le vêtement blanc, juste une jolie robe cousue par maman. Je n'ai pas de photo de cette cérémonie et je le lui dis.

— Tu peux garder celle-là, j'en ai d'autres de ce jour-là.

Il la glisse dans une enveloppe blanche, où, ajoute-t-il, on pourra en mettre d'autres si je le désire. Nous passons un long moment à regarder, commenter, nous souvenir. Je retrouve le gentil Adrien d'autrefois et j'en suis ravie. J'aborde précautionneusement le sujet de sa vie. Il vit seul depuis la mort d'Isabelle, sa femme, atteinte, comme on le dit habituellement pour ne pas avoir à prononcer le mot « cancer », d'une cruelle maladie. Il a un fils et une fille qui sont partis travailler ailleurs, comme tous les jeunes. Après le désarroi des premières années, il s'est habitué peu à peu. Il travaille encore et ne s'ennuie pas. Je lui demande s'il n'a pas eu envie de « refaire sa vie ». Il répond que, franchement, non. Il est bien comme ça, il a trouvé un équilibre, et il est devenu trop « vieux garçon » pour qu'une femme puisse le supporter. Je le comprends d'autant mieux que je ressens la même chose. Je le questionne aussi sur le choix de son métier ; je m'étonne qu'il n'ait pas fait de longues études, car il était un élève brillant.

— J'aurais tellement aimé être architecte... Déjà, tout petit, je dessinais des plans de maisons ! Mais il aurait fallu que je parte de Saint-Médard, et les études coûtaient cher. Je ne pouvais pas demander ça à mes parents. Pour eux, le comble de la réussite, c'était d'être admis au concours des postes ou de la SNCF. C'était un gage de sécurité. Ce travail n'est pas des plus passionnant, mais il n'est pas désagréable non plus.

— Ils sont morts tous les deux ?

— Oui ; le décès d'Isabelle, il y a cinq ans, a eu raison du peu de santé qu'il leur restait. La terre les avait usés.

Je suis sur le point de partir lorsque le souvenir de la plaque me traverse l'esprit.

— J'ai vu la plaque, là-bas, sur le mur…

— Ah ! Oui. Je la vois tous les jours, alors j'ai un peu tendance à l'oublier. Elle commémore un drame qui s'est déroulé pendant la guerre. Tous les ans, il y a une cérémonie.

— Que s'est-il passé, au juste ?

— Des hommes ont été tués ; mais, apparemment, il y a une part de mystère dans cette histoire. Si ça t'intéresse, il faudrait que tu demandes à Maria. Elle vivait déjà là.

« Avec ce qu'elle a vu… » Les paroles de ma mère me reviennent en mémoire. Faisait-elle allusion à cela ?

Adrien a levé les sourcils en signe d'interrogation. Je lui explique.

— Tu sais, on a beaucoup brodé sur le sujet, depuis. C'était, je pense, juste une opération punitive contre des maquisards. Je ne sais même pas si Maria te dira quelque chose ; les gens n'aiment pas parler de la guerre et on les comprend.

— Tu as sans doute raison, dis-je pour clore la discussion.

Mais je suis bien décidée à interroger la vieille femme.

Je prends congé d'Adrien, en promettant de l'inviter à mon tour. Je marche lentement pour profiter encore de la beauté de ce village. Un homme sort d'une grange. Il se retourne au bruit de mes pas. Je le reconnais : c'est l'homme aux yeux clairs qui remontait le chemin le jour où j'ai découvert la maison. Il me reconnaît aussi et me sourit en hochant la tête en signe de bonjour. Je lui rends son salut et son sourire. Il est un peu plus vieux que je l'imaginais. Peut-être une dizaine d'années de plus que moi. Je ne le connais pas. Encore un point à éclaircir avec Catherine ou Maria. Il est trop tard pour m'arrêter chez celle-ci aujourd'hui. À la campagne, les vieilles personnes dînent très tôt. Elle doit être en train de préparer son repas. Cela sera une occasion de lui rendre visite. Je parcours la distance qui sépare Puyssolier de Pierrebrune en un temps record. Je connais maintenant la moindre racine affleurant, le moindre rocher susceptible de me faire trébucher, et, au passage du gué, je sais exactement où poser les pieds. J'arrive en vue de la maison, juste à temps pour apercevoir deux silhouettes se dirigeant vers leur voiture. Je reconnais Cat et Bernard. Ils ne m'ont pas trouvée et ils sont sur le point de repartir. Je crie leurs noms en agitant le bras. Ils se retournent enfin et viennent à ma rencontre.

— J'arrive, dis-je en pressant le pas.

Nous montons ensemble vers la maison. Je prends la clé sous le pot de géranium posé sur une marche (il n'y a pas de voleurs, ici) et nous voici dans la fraîcheur de la pièce. Je leur raconte que j'étais chez Adrien. Cat a un sourire en coin que je déchiffre aussitôt.

— Ne te fais pas d'illusion : il ne s'agit que de camaraderie, sans équivoque possible ! Chacun de nous se trouve bien dans sa vie de célibataire.

— Ah ! Zut !

Elle a l'air tellement déçu que j'éclate de rire.

— Dans un autre temps, tu aurais été marieuse, lui dit Bernard.

Je parle de la plaque, mais ils ne peuvent m'en dire plus et je reste sur mon idée d'aller demander à Maria. Je les interroge aussi sur l'homme aux yeux clairs revu aujourd'hui.

— Ce doit être Moïse Vidal. Pourquoi ? Tu t'intéresses à lui ?

— Pas spécialement, mais il a l'air gentil.

— Il est très discret ; je ne le connais pas beaucoup.

— Aucune importance, c'est de la pure curiosité.

— Ah ! On était venus te demander si tu voulais venir au ciné avec nous, demain soir. Histoire de te sortir un peu…

— Avec plaisir ! J'irai jusque chez vous et on partira ensemble.

Bien. Demain la journée sera remplie, car j'ai l'intention d'acheter une tondeuse et mes rideaux blancs.

Voilà. Je reviens de Rézac munie d'une tondeuse à démarrage facile — pas de cordon à tirer — et de jolis rideaux avec leurs tringles. Je décharge la tondeuse ; elle est légère. J'ai pris cinq litres de carburant. Si Adrien tient sa promesse de venir m'aider dimanche, je ne resterai pas à le regarder travailler. Je suis passée faire des courses et je remplis le réfrigérateur pour la semaine ou presque. Je suis aussi allée chez Maria lui donner enfin son livre. Je me suis amusée à la regarder défaire le papier sans le déchirer ; elle savait très bien ce qu'il cachait, mais ouvrir un cadeau ne lui arrivait pas si souvent et je voyais bien qu'elle en savourait chaque seconde. Le livre est enfin apparu ; elle l'a pris délicatement, en a caressé la couverture glacée, l'a feuilleté rapidement et l'a posé sur son fauteuil afin d'en commencer la lecture dès l'après-midi. Je jurerais avoir vu de la gourmandise dans ses yeux…

Après le déjeuner, j'installe les tringles — c'est dans mes compétences, quand on vit seule, on apprend à faire un tas de choses — et les rideaux. C'est ravissant. La lumière passant au travers baigne les pièces de douceur. De jolies embrasses simples les retiennent tout en légèreté. Je suis très contente de moi. Lorsque j'ai fini, le soleil est en train de disparaître derrière les arbres. Il est tard et je n'ai pas pensé à me préparer à manger. Je dîne de pain frais et de fromage. Un régal. La télévision donne des nouvelles dont je me sens bien loin, montre la foule sur le littoral, des bouchons sur les routes des vacances. Je sors écouter les grillons avant de me coucher.

Ce matin, j'ai un peu de mal à émerger. La séance de ciné d'hier ne s'est pas achevée très tard, mais nous avons discuté, après, et je ne me suis pas endormie avant deux heures (c'est la dernière heure que j'ai vue sur le cadran du réveil). Lorsque je pousse les volets, il fait toujours aussi beau. Je suis obligée de fermer les yeux un instant pour m'habituer au jour. Dans la grande salle, j'ouvre la porte en grand pour laisser entrer air, lumière et odeurs. Il fait déjà un peu chaud. Je me douche et enfile un short et un débardeur. Mes cheveux coupés se coiffent tout seuls. Un peu de mascara (une habitude nouvelle), et je suis prête. Ensuite s'accomplit le rituel du petit déjeuner : un café un peu fort, une tartine confiturée, le tout pris assise dehors devant « mes » collines. J'ai juste le temps de ranger un peu. À dix heures, le bruit d'une voiture cahotant sur le chemin me fait sortir. Un bras passé par la vitre ouverte me salue. C'est Adrien et sa débroussailleuse !

— Je ne savais pas si tu viendrais…

— Je n'ai qu'une parole, dit-il avec le plus grand sérieux.

Il descend de voiture, m'embrasse sur les deux joues selon sa toute nouvelle habitude.

— Bien ! Voyons le chantier…

Il arpente la cour herbue, fait la tour de la grange et réapparaît rapidement.

— Rien d'insurmontable… Quelques ronces, de l'herbe trop haute derrière la grange… Ce soir, tout sera net.

Je lui montre ma tondeuse flambant neuf. Il s'extasie.

— Dis donc ! Tu as pris la qualité ! Elle va te faire vingt ans !

— Mais j'espère bien ! Allez, au travail !

Vrombissements des engins, craquement des branches coupées, cris lorsque la lame rencontre une pierre… Il y a longtemps que le hameau de Pierrebrune n'avait été aussi bruyant. À une heure, tout se tait. Nous sommes assoiffés et affamés. Nous entrons au frais. Je sors un pichet de citronnade et je prépare une salade de tomates, des côtes d'agneau grillées avec des haricots équeutés la veille. Du fromage et des pêches terminent le repas. La dernière bouchée avalée, Adrien se renverse sur le dossier de sa chaise, l'air tout heureux.

— Qu'est-ce que j'avais faim ! C'était délicieux !

Nous profitons du café pour parler un peu de nous ; je le sens moins réticent à se raconter. Il arrive même à évoquer la douleur qu'il ressent quand il retrouve sa fille, celle-ci ressemblant trait pour trait à Isabelle. À chaque fois, il est partagé entre le bonheur de la voir et la perspective d'avoir à affronter la réplique presque parfaite de celle qu'il a aimée et qu'il a du mal à oublier, je le sens bien. Voilà peut-être l'explication du regard triste qu'il a parfois. Il voit peu son fils qui voyage beaucoup, mais il va chez lui une semaine ou deux tous les ans. Il a trois petits-enfants, qu'il adore, bien sûr. Je parle peu de moi. Je dis juste que, si je suis restée célibataire, c'est que je n'ai pas trouvé la bonne personne. Je complète le récit que Catherine lui avait fait de mon « retour au pays », car il ne sait pas que c'est à cause de la maison, ce qui le laisse perplexe.

— D'habitude, on choisit l'endroit où on veut vivre, puis on cherche une maison… Tu as agi à l'envers. Tu es une drôle de fille, tout de même.

Nous ressortons dans la touffeur et reprenons nos outils.

L'après-midi est plus calme, heureusement. Nous ramassons l'herbe, nous faisons un tas des ronces et des branches coupées derrière la maison. Elles ne pourront être brûlées qu'à l'automne. Pour l'instant, c'est interdit à cause des risques d'incendies. Nous taillons aussi l'exubérante glycine du puits ; Adrien m'apprend à enlever une bonne moitié des pousses de l'année. Nous coupons la grosse branche qui empêche l'accès au point d'eau ; la végétation enserre tant le petit édifice de pierres sèches que certaines ont été déplacées et des fissures sont apparues. Il faudra probablement couper beaucoup plus que nous l'avons fait et faire appel à un maçon. Encore une dépense non prévue.

Nous nettoyons les outils et Adrien reprend le chemin de Puyssolier. Je le remercie bien, consciente que sans lui tout aurait été beaucoup plus difficile. Mais visiblement il a pris du plaisir dans ces travaux de nettoyage. C'est vrai que, comme il dit, maintenant, la maison a l'air habitée ! C'est tellement joli que j'ai envie d'acheter un salon de jardin pour pouvoir dîner à l'extérieur. Je verrais bien une table rétro en métal.

La semaine suivante se passe sans rien de particulier. La visite à ma mère à Bordeaux m'a occupée une journée entière. Elle est égale à elle-même ; même si j'ai du chagrin parce qu'elle ne me reconnaît pas, je suis réconfortée par l'idée qu'elle n'est pas malheureuse. Je suis passée embrasser Camille et nous sommes allées en ville acheter des livres. J'en ai fait provision ; bientôt, il me faudra acheter une autre étagère ou installer une bibliothèque dans la deuxième chambre. J'ai invité mon amie à me rendre visite dès qu'elle le pourrait. À l'automne, peut-être. L'été est pour elle synonyme de travail, car les habitants des résidences secondaires de la région, présents à cette période, en profitent pour décorer leurs maisons.

J'ai poncé les volets et les ai couverts d'une jolie peinture grise. C'est fou ce que ça change. La maison en est toute rajeunie. Ma liste de « choses à faire » raccourcit. Du coup, j'ai un peu oublié Maria, Adrien, Moïse et les histoires de guerre. Le temps s'étire ainsi jusqu'à la fin août, que je n'ai pas vue arriver, occupée que j'étais à terminer le nettoyage de l'extérieur et à poursuivre celui de la grange dont je ne vois pas la fin. Il y aura aussi, au-dessus de celle-ci, le grenier à débarrasser. La hauteur de l'échelle pour y accéder m'effraie un peu et je repousse l'échéance. Visiblement, il y a un gros tas de vieux foin, que je ferai brûler quand on en aura à nouveau le droit. Adrien est revenu de temps en temps me donner un coup de main, mais maintenant il est parti chez Alice, sa fille, et son mari pour deux semaines. Il était heureux de pouvoir s'occuper de son petit-fils qu'il voit rarement, car ils habitent près de Grenoble. Il me manque un peu. Je n'ai revu Maria qu'occasionnellement : son petit-fils est chez elle, et je ne veux pas déranger. Ludo n'est plus un adolescent, mais se comporte comme tel. Il vit encore chez sa mère et je sais qu'il profite de la bonté de sa grand-mère lors des rares visites qu'il lui rend.

Ce matin, un coup de téléphone est venu me tirer de mon train-train : Lise m'invitait pour son mois de congé dans la maison familiale sur la côte. Elle était tellement contente que nous nous soyons retrouvées qu'elle ne me lâcherait plus ! J'ai trouvé mille prétextes : mon installation pas terminée, l'herbe qui allait pousser… Mais elle a tellement insisté que j'ai fini par accepter, d'autant plus qu'en fait il n'y a rien d'urgent à faire à la maison. Catherine s'est montrée enthousiaste ; j'allais enfin sortir ! Je lui laisse ma clé. Je ferme les volets et, pour la première fois depuis longtemps, je pars en vacances !

J'ai retrouvé la maison avec un immense plaisir. C'est la première fois que je reviens vraiment « chez moi ». Contrairement à ce que j'attendais, l'herbe n'est pas haute et je comprends qu'Adrien a dû venir tondre avant mon retour. J'irai le remercier dès demain. J'ai pensé à lui envoyer une carte, ainsi qu'à Catherine et Bernard et à Maria, pour dire que tout allait bien. Et tout allait bien, vraiment. Je me suis dorée au soleil, je me suis baignée, reposée, promenée. Lise m'a dorlotée comme une mère. La petite maison de Saint-Palais est un vrai paradis... Elle donne sur un chemin dominant la mer et on peut accéder à la plage en descendant directement par les rochers. Elle a été construite dans les années quarante et, à cette époque, elle était isolée. Maintenant, elle se trouve au milieu d'autres villas d'époques et de constructions différentes : des arcachonnaises, des villas de type basque, des « cubes » d'architectes... Celle des parents de Lise est toute simple et semble un peu écrasée par les autres, mais on devine la maison de famille qui a vu passer plusieurs générations de vacanciers. Lise et Benoît, son mari, y viennent chaque été avec leurs deux petits-enfants ; mais, cette fois, les petits étaient partis avec leurs parents et on m'avait installée dans leur chambre. Nous avons retissé nos liens, j'ai fait connaissance avec Benoît, mais, à la fin, la maison et Saint-Médard me manquaient. C'est donc heureuse que j'ai repris le chemin de la

Dordogne, en faisant une halte à Bordeaux pour passer une après-midi avec ma mère.

J'ai poussé la porte et je suis entrée doucement. Le bonheur de savoir la maison à moi était toujours intact. J'ai ouvert volets et fenêtres. L'air a pénétré dans la pièce. Il y avait de la poussière, bien sûr. J'ai tapé les coussins rouges du canapé et me suis allongée un instant. J'avais retrouvé mon nid, mon refuge. Il allait falloir reprendre contact avec les uns et les autres, mais je le ferais avec plaisir. Je suis sortie pour chercher ma valise et les petits présents que j'avais ramenés : des galettes charentaises pour Adrien et Bernard, un livre de recettes de la mer pour Catherine et un ouvrage sur la libération de Royan pour Maria. J'avais les bras chargés et j'ai laissé tomber une boîte de gâteaux dans l'herbe. J'ai été obligée de tout poser pour la rattraper. Ce n'était pas sérieux de ne vouloir faire qu'un seul voyage. J'en étais là de mes pensées lorsque quelqu'un a crié derrière moi.

— Vous avez besoin d'aide ?

Je me suis retournée et j'ai vu arriver à grandes enjambées celui que j'appelle l'homme aux yeux clairs.

— Bonjour ! Vous m'avez l'air bien embarrassée !

J'ai serré la main tendue avant de répondre que non, ça allait.

— Vous voyez bien que non ! Ah ! Je suis Moïse Vidal. On s'est déjà vus, je crois. Vous revenez de vacances ?

J'ai dit que oui, on s'était déjà vus, oui, je revenais de vacances.

— Je ne veux pas être indiscret, excusez-moi. Je vais vous laisser.

Son air penaud m'a fait pitié et je suis revenue sur la décision de ne pas me faire aider.

— Tout compte fait, je veux bien que vous m'aidiez à porter quelque chose.

Il ne s'est pas fait prier et a empoigné la valise. Il l'a posée sur le petit perron.

— Voilà ! Je trouvais bizarre de ne plus vous voir depuis quelque temps. Je me demandais si vous n'étiez pas repartie en ville.

Ainsi, mon départ n'était pas passé inaperçu et avait intrigué les gens du village. Même là, je ne pouvais pas faire ce que je voulais ! J'ai remercié Moïse en l'appelant par son prénom, ce qui a amené un grand sourire sur son visage. Je l'ai regardé s'éloigner ; il s'est retourné et a agité le bras. Je venais de me faire, peut-être, un nouvel ami.

J'ai passé le reste de la journée à ranger mes affaires, à mettre des vêtements à laver dans la machine que j'ai installée dans la salle de bains et à ôter la poussière.

Ce matin est un vrai jour d'automne. L'air est plus vif, la brume qui monte du ruisseau plus longue à se dissiper. Pourtant, les arbres sont encore bien verts. Très tôt, j'ai vu passer trois chercheurs de champignons ; ils sont revenus deux heures après, leur panier de châtaignier tressé apparemment bien garni. La brume n'a disparu que vers onze heures. J'imagine que Maria, malgré son âge, est aussi partie « aux champignons ». Ici, personne ne se priverait de ce plaisir. Je vais attendre l'après-midi pour lui rendre visite. Le livre sera un prétexte pour amorcer la discussion sur la guerre. Je ne pourrai pas voir Adrien car je pense qu'il travaille aujourd'hui. Si j'en ai le courage, je pousserai jusqu'à Saint-Médard pour donner galettes et livre de cuisine à Catherine et à Bernard. Ou plutôt, je vais commencer par eux. Une heure de marche à l'aller et autant au retour, voilà qui me fera le plus grand bien après un mois à me prélasser au soleil. Il faut que je me reprenne en main si je ne veux pas devenir toute flasque !

Une fois le déjeuner avalé, je mets tous mes petits cadeaux dans mon sac à dos, et en avant ! La promenade est plus agréable qu'en plein été. Il souffle un petit vent frais et le paysage, qui n'est plus écrasé par la chaleur, semble plus vivant. Au village, les aboiements d'un chien annoncent mon arrivée. Tant pis pour la surprise.

— Tu as bronzé ! crie Catherine dès qu'elle me voit. On a reçu ta carte, merci beaucoup. Ce n'est pas trop dur, de revenir ?

— Dur ? Tu plaisantes ! C'est un bonheur. Et puis, tu m'as manqué aussi.

Je détache mon sac à dos et en sors le livre et les petits gâteaux. Elle est ravie : elle adore cuisiner. Elle me demande si elle pourra aussi profiter des galettes de Bernard. Nous parlons un peu du bord de mer, et la conversation revient sur la maison.

— Ton premier automne ici. C'est là que tu vas te rendre compte si tu veux rester ou pas…

Je ne lui dis pas que je pense le savoir déjà. Je lui propose de faire un bout de chemin jusqu'à Puyssolier. Elle accepte et disparaît dans la maison à la recherche d'un coupe-vent.

Nous marchons d'un bon pas, en racontant, elle, les rares nouvelles de Saint-Médard, moi, mon séjour à la plage. Lorsque nous arrivons aux premières maisons du hameau, nous nous séparons. Elle doit rentrer. Je continue jusque chez Maria qui est assise devant sa porte. Elle se lève en me voyant et vient à ma rencontre. Nous nous embrassons et entrons dans la maison encore plus sombre que le mois dernier. Il faut allumer la lampe alors qu'il n'est que cinq heures et demie. Je m'assois à la table de ferme, bien trop grande pour elle seule, maintenant. Sa vie est là, dans les détails de cette pièce d'un autre temps : des œufs frais dans un saladier ébréché, un tricot gris à peine commencé et abandonné sur une chaise, les dernières tomates du jardin, encore un peu vertes, une photo de Ludo sur le buffet au milieu d'autres jaunies par le temps, un tablier de cuisine mauve accroché près de la cuisinière… Je me sens bien dans cette maison et je le lui dis. Elle sourit ; rituellement, elle fait chauffer un reste de café dans la petite casserole gardée à cet effet.

— Tu es revenue. Je n'en étais pas sûre, tu sais… Je suis contente.

Elle me regarde attentivement :

— Tu as rajeuni !

— N'exagère pas, Maria.

Elle rit doucement.

— Tu vas mieux, ça se voit.

— Mais j'allais bien !

— Tu sais bien que non. Les gens le disaient ; ils pensaient que c'était l'air de la ville. Moi, je ne crois pas.

Je ne réponds pas. Il vaut mieux changer de sujet. Je lui tends le livre.

— C'est pour moi ?

— Bien sûr ! Pour qui d'autre ?

— Tu es la seule à m'avoir offert des livres. À la campagne, ce n'est pas le genre de chose qu'on offre, tu sais. Ici, une femme comme il faut, elle ne lit pas. Il y a trop de choses à faire à la maison. Je ne lis que depuis que je suis seule.

— Tu aurais voulu aller à l'école plus longtemps, n'est-ce pas ?

— Oui ; je travaillais bien, mais il fallait quelqu'un pour aider à la ferme. Et puis c'était la guerre.

— Justement, regarde ce livre.

— Ah ! Je ne l'avais pas, celui-là. Des hommes de Saint-Médard ont participé à la libération de Royan. Leur bataillon y était.

— Tu vas devenir une experte en histoire de la deuxième guerre, Maria !

Elle rit, regarde la couverture du livre, puis va poser l'ouvrage sur l'étagère où est déjà celui d'Internet.

— Tu l'as fini, celui-là ?

— Il y a longtemps. Il m'a bien plu. Il raconte des choses que je savais et d'autres que je ne connaissais pas.

— À propos de ça, je voulais te demander… J'ai vu la plaque, là-bas…

— Celle qui parle du massacre.

— Tu me raconteras ce qu'il s'est passé ?

— On ne parle plus de ces choses-là, ma fille. C'est de l'ancien temps. Et puis, ce n'est plus très clair dans mon esprit.

— Je ne te crois pas, Maria ! Tu ne veux pas me dire ce qu'il s'est passé ? Adrien m'a dit qu'il y avait quelque chose de mystérieux dans cette histoire.

— Rien de mystérieux, dit-elle un peu sèchement. Les hommes ont été dénoncés, c'est tout.

— Mais par qui ? Pourquoi ?

Elle fait un geste vague de la main.

— Une vengeance, sûrement. À cette époque, c'était assez courant. Un homme d'une autre commune… On ne le connaissait pas. Je n'en sais pas plus. Personne n'en sait plus.

Je vois bien que si, elle en sait plus, mais je ne tirerai rien d'elle aujourd'hui. Ma curiosité est peut-être déplacée. Sans doute a-t-elle fait ressurgir trop de souvenirs douloureux. Je me tais, un peu honteuse. Je finis mon café, je me lève, reprends mon sac et me penche vers le petit bout de femme. Je suis soulagée de voir qu'elle m'enlace pour m'embrasser ; elle ne m'en veut pas.

Avant la descente vers le ruisseau, je dérange un couple de chevreuils qui détale devant moi. Je vois leurs petits derrières blancs traverser le pré comme deux petites lumières dans l'ombre du soir. J'arrive chez moi assez tard. Je sors une barquette du congélateur et, pendant qu'elle réchauffe, l'idée me vient d'allumer un feu dans le *cantou*. Je trouve dans la grange des fagots et des bûches du temps des parents Lacoste. Je n'ai toujours pas fini de débarrasser le local et encore moins de vider le grenier au-dessus. C'est décidé : demain, je m'y mets.

J'avais oublié à quel point c'est beau, un feu de cheminée. J'approche ma chaise, mon assiette sur les genoux. Je ne peux détacher mes yeux des flammes. Je crois que l'automne ici me plaira bien aussi…

Je me suis levée plus tôt, ce matin. J'ai enfilé un vieux jean et un vieux pull, j'ai pris ma brouette toute neuve, et à nous deux, la grange ! Bernard a amené sa remorque dans la cour. Il faut que je l'attelle tout de suite à ma voiture : une fois qu'elle sera pleine, je ne pourrai pas la soulever. J'ouvre alors la lourde porte de bois. Ce que j'ai fait la dernière fois ne se voit pas, tant il y avait de choses entassées ici. Je sens mon courage faiblir. Non, je ne peux pas remettre indéfiniment ce travail. J'ai besoin de cet endroit pour ranger la voiture, mon futur salon de jardin rétro, la tondeuse et mes outils, car, petit à petit, je me suis équipée. Par quoi commencer ?

Il reste des ustensiles de cuisine inutilisables, des rouleaux de grillage, une carcasse de vélo solex qui me rappelle ma jeunesse, de vieilles bassines en plastique… J'emplis la remorque. Heureusement, le temps est toujours un peu frais. Sous la chaleur, transporter tout cela tiendrait de l'exploit. Je fais une pause vers midi pour me laver les mains et les bras, me préparer un sandwich et manger. J'ai une faim de loup. « Une bonne maladie », aurait dit ma grand-mère ! Après ce déjeuner rapide, j'ai un peu de mal à me remettre au travail, mais il le faut bien. Il reste un amas de vieilles planches contre le mur du fond. Je vais essayer au moins de les empiler convenablement. À première vue, malgré leur âge, elles ne sont pas pourries, juste noircies par le temps et la saleté.

Je demanderai si on peut en faire quelque chose. Si la réponse est négative, je les ferai brûler. Il faut toutes les enlever pour les ranger correctement ensuite. Lorsque j'ai fini, j'ai l'impression que le tas au milieu du bâtiment est encore plus important qu'avant et je commence à regretter de m'être lancée là-dedans. Mais je suis obligée de terminer, maintenant. Il me faut deux heures pour en venir à bout. Je décide alors de m'occuper du grenier, au-dessus. Pour y accéder, il faut grimper sur une longue échelle ; je ne suis pas très rassurée, mais, en me cramponnant bien, je parviens au sommet. Je passe dans le grenier où du vieux foin est entassé contre le mur du fond. À part ça, il n'y a rien. Il fait presque chaud, sous le toit. Derrière une lucarne, le paysage s'étend encore plus loin. Je n'arrive pas à reconnaître les villages ; j'aperçois seulement, tout près, la haute toiture de la maison bourgeoise de Puyssolier. Il faudra revenir avec une carte. L'odeur du foin et de la poussière me prend à la gorge. Je ne vais pas m'éterniser ici. Je fais tomber le fourrage en le poussant par le trou de l'échelle. Le tas est important et je dois m'arrêter pour souffler un peu. Je transpire et la poussière me colle à la peau. J'atteins enfin le mur ; en prenant une nouvelle brassée, ma main heurte quelque chose. C'est une boîte en métal comme celles qui servent encore souvent à ranger le sucre. Comment a-t-elle pu arriver ici ? Elle est décorée d'un bouquet naïf aux couleurs vives. Je la secoue et j'entends un léger bruit. Ce ne sont pas des pièces d'or, hélas ! Elle est tellement rouillée que je n'arrive pas à l'ouvrir. Il faut pourtant que je sache quel secret elle peut bien cacher et je vais chercher, dans ma boîte à outils neuve, un tournevis. Je manque me transpercer la main, mais le couvercle finit par céder d'un coup et le contenu vole sur le plancher. Ce sont des photos. Je les ramasse toutes, mais il y en a peu. Visiblement, c'est la même personne à des âges différents : un petit garçon qui pose dans le studio d'un photographe, le brassard de communiant bien en vue sur la manche du costume ; un adolescent riant sur un tracteur, puis, un peu plus âgé, devant la maison ; et enfin un jeune homme aux cheveux coiffés en arrière, au visage fin, plein de douceur. Ce sont des photos anciennes, en noir et blanc et aux bords dentelés. Curieusement ce visage m'est familier et pourtant je ne l'ai jamais vu, bien sûr. J'ai beau chercher, je ne trouve pas à qui il me fait penser. Ce jeune homme doit être de la famille de M. Lacoste. Je n'arrive pas à me souvenir vraiment de son visage ; c'est sans doute là qu'il faut chercher la ressemblance. Avait-on voulu cacher ces photos ou s'en débarrasser ? Il aurait été aussi simple, dans ce cas, de les brûler. La boîte sous le bras, je redescends en ne me tenant que d'une seule main au montant de l'échelle et je n'en mène pas large. Je dépose ma trouvaille sur la table ; je regarderai cela plus tard, il est plus urgent d'aller à la déchetterie avant qu'elle ne ferme.

De retour à la maison, je reprends les photos. Qui est ce jeune homme à l'air heureux ? Je décide de téléphoner à M. Lacoste et de lui raconter ma trouvaille. Après tout, ces photos lui appartiennent plus qu'à moi. Il est surpris de m'entendre et a peur que j'aie un souci avec la maison. Il est encore plus surpris lorsque je lui parle des photos. Il ne voit vraiment pas qui peut être cet homme. Pas son père, dont il a toutes les photos existantes, ni son grand-père qui, avec son visage carré et sa grosse moustache, ne correspond pas non plus à la description que je lui fais. Nous décidons que je garderai les clichés jusqu'à ce qu'il vienne en Dordogne. Je les lui remettrai à ce moment-là. Me voilà avec un mystérieux jeune homme sur les bras… Juste avant de raccrocher, je me souviens du tracteur rouge et du dessin. Il ne les connaît pas non plus. Décidément…

L'idée que je pourrais demander à Maria qui est le jeune homme me vient tout à coup. S'il vivait là, elle l'a forcément connu. De toute façon, il faut que j'aille à Puyssolier donner les galettes à Adrien. Déjà deux jours que je les ai ! Il va falloir les manger vite, mais je l'aiderai.

Le lendemain, exceptionnellement, je pars avec ma voiture, car je dois ramener la remorque chez Catherine. Je l'ai avertie par téléphone et je sais qu'elle m'attend. Je n'ai pas parlé des photos. Je ne les lui montrerai pas tout de suite, car je la connais : la nouvelle aurait vite fait le tour du village et je n'ai pas envie d'avoir un défilé de curieux à la maison, venus bien sûr sous un autre prétexte. Je file, disant que mon rangement n'est pas terminé et que je ne veux pas la retarder : elle doit ouvrir la boutique à quatorze heures trente. Je gare la voiture devant la maison d'Adrien. On est samedi et il n'est pas de faction aujourd'hui. Il se montre ravi de son cadeau que nous goûtons aussitôt. Je sors un des clichés de mon sac.

— Sais-tu qui c'est ?

Il regarde attentivement le visage. Je n'ai apporté que la dernière photo, celle où l'homme est le plus âgé. Il secoue la tête en me la tendant :

— Non, je ne vois pas. Pourtant je dirais qu'il ne m'est pas inconnu. Où l'as-tu trouvée ?

— En fait, il y en a d'autres ; Sur l'une, il est en communiant ; sur une autre, où il doit avoir quatorze ou quinze ans, il est installé sur un tracteur ; sur une autre enfin, il se tient devant la maison. Devant ma maison. C'est curieux, j'ai eu, comme toi, l'impression que je l'avais déjà vu. Mais c'est impossible, ces photos sont trop vieilles. Elles datent des années quarante.

Je lui raconte qu'elles avaient certainement été cachées et comment je les ai découvertes.

— Demande à Maria, c'est la mémoire du village.

— C'est exactement ce que j'ai l'intention de faire !

— La grand-mère Lacoste avait une quarantaine d'années, à cette époque. Dommage…

— Pourquoi donc ?

— Parce que, si elle avait été plus jeune, le monsieur de la photo aurait pu être son amant, dont elle aurait caché les photos !

— Idiot ! Il ne lui en aurait pas donné une de sa communion !

— C'est vrai ! Et les femmes ne prenaient pas d'amants bien plus jeunes qu'elles !

— Est-ce qu'il ressemble à M. Lacoste, qui m'a vendu la maison ?

— Peut-être le nez, mais pas sûr… Il y a quelque chose, oui, mais quand je l'ai vu, ce n'est pas aux Lacoste que j'ai pensé.

— J'ai décrit le personnage à Guy Lacoste et il ne pense pas le connaître. J'aimerais demander à Maria. Tu m'accompagnes ?

— Je n'ai pas beaucoup de temps, je dois aller à Rézac. Et puis, tu sais, les vieilles histoires…

Je suis étonnée. Il me semblait intrigué autant que moi.

— Tu n'as pas envie de venir chez Maria ? Vous n'êtes pas fâchés ?

— Non, bien sûr que non… Seulement…

Il ne rajoute rien ; il se lève, décroche son blouson et, finalement, me suit.

Elle ouvre la porte aussitôt que nous avons frappé.

— Eh, pauvres !

Elle emploie l'expression locale et traditionnelle de grande surprise.

— Que se passe-t-il pour que vous veniez tous les deux ?

— Rien de grave, Maria. Nous voulons juste te montrer quelque chose qui nous intrigue.

Elle s'efface pour nous laisser entrer, nous fait signe de nous asseoir et s'essuie les mains à son tablier.

— Alors? Qu'est-ce qui peut bien vous tracasser à Puyssolier? demande-t-elle en s'asseyant à son tour sur sa chaise à l'assise adoucie d'un coussin au crochet dont les mailles commencent à se défaire.

Je lui raconte ma trouvaille. Elle m'écoute attentivement; son sourire a disparu.

Je lui tends la photo. Elle ajuste ses lunettes et l'approche de ses yeux. Elle a un mouvement de recul et se ressaisit aussitôt. Mais elle a pâli légèrement.

— Où as-tu trouvé ça?

Je lui raconte mon grand ménage de la grange et la trouvaille qui en a résulté.

Elle s'assoit, sa main tremble plus que d'habitude sur la table. Je n'ose pas insister, mais elle relève la tête et nous regarde l'un après l'autre.

— C'est le Pierre Lacoste, souffle-t-elle.

— Pierre Lacoste? Qui est-ce?

— Il est mort lui aussi, le jour des Allemands. C'est l'oncle de Guy, l'ancien propriétaire de ta maison...

— Mais il m'a dit qu'il ne le connaissait pas...

— C'est sans doute vrai. Il est mort à vingt-deux ans, bien avant la naissance de son neveu. La mère, après sa mort, a enlevé toutes les photos de lui.

— Mais ça n'a aucun sens de les avoir cachées! Si leur vue lui faisait trop mal, il suffisait de les mettre dans un tiroir, pas sous un tas de foin dans la grange. Ou alors, elles ont été cachées par quelqu'un d'autre.

Maria se tait. J'ai l'impression qu'elle sait quelque chose, mais elle ne parlera pas. Pas aujourd'hui, en tout cas. Je reprends le jeune homme souriant. Pourquoi l'a-t-on caché ainsi alors qu'il est mort dans une tragédie dont la commune entière a eu du mal à se remettre et que ces hommes, combattants de l'ombre pour beaucoup, sont honorés tous les ans au mois de mars ? Sa mère et son père avaient-ils honte ? J'ai beau chercher, je ne trouve pas d'explication. Adrien est aussi dérouté que moi par l'attitude de Maria. Nous nous séparons sans un mot, perdus dans nos pensées.

Au début de l'après-midi, alors que je finissais de ranger la vaisselle de mon déjeuner, j'ai entendu frapper à la porte. Lorsque j'ai ouvert, Maria se tenait sur le seuil, essoufflée et un peu rouge. Je l'ai fait entrer, je lui ai donné un verre d'eau et, inquiète, je lui ai demandé ce qu'il se passait.

— Rien, m'a-t-elle répondu. Je voulais voir ta maison ; et puis, j'ai réfléchi... Je vais te raconter. Pourquoi ne saurais-tu pas ?

Elle a tout visité de son pas lent, posant un regard attentif sur chaque objet. Elle s'est arrêtée sur le seuil de ma chambre.

— C'était leur chambre... Je veux dire celle des parents Lacoste. C'est joli. Tu l'as bien aménagée.

De retour dans la grande pièce, elle a regardé mon petit fauteuil installé devant le *cantou*. Elle a juste dit :

— C'est là qu'elle s'installait aussi.

Je n'ai pas eu besoin de demander de qui elle parlait. J'avais devant les yeux l'image de la grand-mère Lacoste, bien que ne la connaissant pas, tendant ses mains à la chaleur du foyer.

Maria est restée un moment sans rien dire, elle s'est assise, puis elle a pris une longue respiration et a commencé son récit, en regardant au loin, par la fenêtre. J'ai tiré ma chaise à côté de la sienne.

— La guerre, je ne me souviens pas bien quand elle a commencé. J'étais trop petite. Je sais que c'était avant la rentrée. Je me souviens seulement que papa est parti, comme presque tous les papas, et que les mamans pleuraient, mais on ne savait pas pourquoi. Maman a commencé à s'occuper de la ferme toute seule, avec l'aide du pépé, mais, le pauvre, il était déjà vieux à cette époque. Quelques hommes n'avaient pas été mobilisés et certains aidaient, mais pas tous. Nous, les enfants, on aidait le soir en rentrant de l'école, comme on pouvait. C'est à l'école que j'ai appris ce qu'il se passait. La maîtresse nous l'a expliqué. Elle nous disait que c'était pour sauver la France. Du coup, on était fiers de nos pères. Si ce n'était l'absence de papa et la fatigue de maman, la vie pour nous n'avait pas trop changé. Je me rends compte maintenant que les adultes faisaient ce qu'il fallait pour ça. On galopait toujours par monts et par vaux, on cueillait les mûres dans les haies pour jouer à la dînette, on allait à l'école. Le maître des grands avait été remplacé par une jeune maîtresse, et on était contents, parce que ce maître, il nous faisait peur. Et puis, des gens qui parlaient une langue qu'on ne comprenait pas sont arrivés. Ils ne faisaient que passer, mais on les faisait dormir ; ils pouvaient manger un peu, se laver. J'ai su plus tard que c'étaient des Alsaciens. Au début, on les regardait bizarrement ; ils arrivaient sans rien, épuisés. Ils étaient tellement malheureux qu'on en a vite eu pitié. Après, on nous a dit que la guerre était finie, puis que non, pas vraiment, parce qu'il ne fallait pas se laisser faire. J'allais au lavoir avec maman et j'écoutais. J'essayais de comprendre, mais c'était difficile. On disait que les hommes allaient revenir, mais ils ne sont pas tous revenus. Des femmes disaient qu'il fallait continuer à se battre, d'autres que non. Qu'on serait mieux avec la paix, et que les Allemands n'étaient pas si méchants que ça, et tout finissait par des cris et quelquefois par des coups de battoir. Moi, les Allemands, je n'en avais jamais vus, je savais que c'était des gens qui faisaient la guerre à la France. Mais la guerre non plus, je ne savais pas bien. La maîtresse nous expliquait ; quelquefois, elle pleurait elle aussi. Papa est revenu. Maman a retrouvé un peu de sa joie de vivre. Le soir, à la veillée, les voisins parlaient d'une ligne que les Allemands ne franchissaient pas, et disaient qu'on était du bon côté.

— La ligne de démarcation…

— Oui ; à l'époque, je ne savais pas bien ce que c'était. On parlait aussi d'une armée secrète, qui m'intriguait beaucoup. Mais si je posais des questions, on me disait qu'il ne fallait pas parler de ces choses. Que c'était des histoires de grands.

— Il y avait beaucoup de résistants, ici ?

— Oui, beaucoup. Ils pouvaient se cacher facilement, avec tous nos bois… Et puis un jour, au lavoir, lorsque je suis arrivée pour aider maman, tout le monde se taisait ; il n'y avait même plus de disputes. On n'entendait que les coups de battoir sur le linge mouillé. Je me rappelle qu'il faisait très froid, ce jour-là, et les femmes ne s'attardaient pas. Elles lavaient juste l'essentiel. J'ai pensé que c'était à cause du froid qu'elles ne parlaient pas. Le soir, quand les voisins sont venus pour la veillée, tous avaient la mine triste et ça m'a inquiétée. Peut-être que quelqu'un était mort. Le lendemain à l'école, Mlle Loubriat nous a dit qu'il n'y avait plus de ligne de séparation, que les Allemands pouvaient maintenant venir chez nous. Le soir, en rentrant, j'ai couru en regardant partout et j'ai vite fermé la porte derrière moi. Quelque temps plus tard, des hommes sont partis travailler en Allemagne parce que c'était obligé. Papa n'est pas parti. Il s'est caché avec d'autres. J'ai demandé à maman où il était, mais elle n'a pas répondu. Je commençais à être grande et je comprenais alors beaucoup de choses. Mais je ne disais rien ; les adultes me voyaient encore comme une petite et continuaient à parler devant moi. De temps en temps, des hommes venaient jusqu'à Puyssolier chercher des œufs ou du lait. Ils avaient souvent une arme. Maman disait « le maquis ». J'avais cherché dans le dictionnaire de l'école, mais ça parlait de la Corse et des chênes-lièges ; encore une fois, je n'ai pas compris. Les gens n'en avaient visiblement pas peur et leur donnaient ce qu'ils demandaient. Pourtant, la nourriture commençait à manquer. Heureusement que nous avions, comme tous ici, un jardin, des poules et quelques vaches. Il fallait aller à l'épicerie de Saint-Médard avec des bons pour avoir du savon, par exemple.

— J'ai vu de ces tickets de rationnement ; mon grand-père en avait conservé quelques-uns.

— Voilà. Chaque personne avait les siens. Un jour, j'ai voulu questionner sur les hommes qui venaient au village. Ma mère a levé la main d'un air menaçant et a dit de ne jamais, jamais en parler. Elle a dit que j'étais grande, maintenant, et que je devais comprendre que ce serait très grave si je parlais d'eux. Je me suis donc tue. Je gardais un secret de grands et, en cela, j'étais passée un peu dans le monde des adultes. Parfois, ils arrivaient en voiture, à trois ou quatre, et je ne trouvais pas ça très prudent. Le plus souvent, ils arrivaient de la forêt, à pied, par le fond du village, par là où habite Adrien maintenant. On disait aussi que certains habitants envoyaient des lettres de dénonciation pour ne pas avoir d'ennuis avec les Allemands ou la Milice. Tu te rends compte, Cécile ? Dénoncer des gens avec qui on vit depuis des années… Il faut être bien mauvais, ou alors avoir terriblement peur. Nous, à Puyssolier, on a eu peur, ça oui. Mais on n'a jamais dénoncé personne… Pas à Puyssolier. Il y a eu des morts à cause de ça, et souvent pour rien. Pour un bout de terre qu'on n'avait pas eu ; pour une fille qu'on n'avait pas pu marier... Certains se vengeaient comme ça.

Sa voix s'est cassée et j'ai cru qu'elle allait pleurer, mais non. Elle a juste repris son souffle ; elle avait décidé d'aller jusqu'au bout.

— Les hommes du maquis nous tenaient au courant de choses auxquelles ils étaient mêlés, eux ou d'autres, car il y avait de ces groupes partout en Dordogne. C'était eux qui avaient fait sauter la ligne de chemin de fer au-dessus de Rézac. Les nouvelles se propageaient vite ; on connaissait les rafles à Mussidan au début de 1944, par exemple. Début mars, vingt wagons ont été sabotés à Rézac, encore. On a entendu parler d'une division allemande qui venait d'arriver à Périgueux et qui était chargée de lutter contre les maquisards, qu'ils appelaient des « terroristes ». C'était la division Brehmer. On disait que les véhicules étaient marqués d'un B sur la portière. Les gens en rêvaient la nuit. À chaque fois qu'une voiture noire approchait, on rentrait dans les maisons.

Elle a fermé les yeux ; j'ai compris que le plus difficile restait à venir.

— Ce jour-là, j'étais allée voir mon amie Anna, à la Goulandie. Ce n'est pas très loin, alors je passais par le chemin, pas par la route, j'avais trop peur. Les maquisards se montraient souvent au village à ce moment-là.

— Anna Duval ?

— Oui, nous étions dans la même classe. Nous n'avions pas joué, nous étions un peu grandes, maintenant. Nous avions gardé sa vache dans un pré en discutant et nous étions rentrées sagement. Je me suis dépêchée en voyant à la grande pendule de sa cuisine qu'il était déjà cinq heures et demie. Maman allait me gronder, car je devais l'aider. J'ai couru tout le long du chemin. C'était la mi-mars et il faisait frais. J'ai boutonné mon vieux gilet. On n'avait plus ni laine ni tissu pour faire des vêtements neufs et il fallait faire durer ceux qu'on avait. Donc, j'ai couru. Les premières violettes fleurissaient sur les talus. J'en ai cueilli un petit bouquet rapidement ; j'aimais tellement les violettes... Depuis, je n'en ai jamais eu dans la maison. Ce sont les dernières que j'ai ramassées. Les jours avaient bien rallongé, on était presque à l'équinoxe de printemps. Au village, tout était tranquille. Deux maquisards étaient sortis de leur forêt pour cuire du pain dans le four du père Parot. Maman n'avait pas besoin d'aide. Je me suis mise à mes devoirs. Je préparais le certificat d'études et c'était important. C'était un peu comme le bac maintenant. Le pépé était allé se coucher après avoir bu un verre de lait. Il n'allait pas bien et il s'est endormi vite. Heureusement. Peu après, la cuillère de maman est restée en suspens au-dessus de la casserole, elle a levé l'index gauche pour dire d'écouter, mon porte-plume est sorti de l'encrier et une grosse tache est venue éclabousser mon cahier. Un roulement continu montait dans l'air du soir si calme jusque-là. Maman a porté les mains à son visage, je crois qu'elle avait compris. Je me suis précipitée à la porte, puis sur le seuil. Le bruit approchait encore. Soudain, je les ai vues. Des voitures noires et des motos entraient dans le village. Il y en avait partout. J'ai refermé la porte et regardé en soulevant le rideau. J'avais compris aussi. Une grosse voiture s'est arrêtée devant notre maison. Un Allemand en long manteau en est sorti. Sur la portière, le B que tous craignaient tant était inscrit. L'homme a crié quelque chose que je ne comprenais pas. D'autres hommes se sont mis à courir dans tous les sens, les armes à la main. Ils étaient en train d'encercler Puyssolier. J'ai pensé aux maquisards qui cuisaient leur pain. Ils allaient être pris, c'était sans doute eux qu'ils cherchaient. Derrière la voiture de l'Allemand, une autre est venue se ranger. Un officier en a fait sortir un homme jeune en gabardine et chapeau.

Quand je l'ai vu, j'ai crié, mais maman m'a dit de ne rien dire ; je ne le connaissais pas. Les maquisards avaient été donnés. J'en ai aperçu un s'enfuir à toutes jambes sous une rafale de mitrailleuse qui ne l'a pas atteint car il est arrivé très vite sous le couvert des premiers arbres de la forêt. Un groupe s'est précipité et a rattrapé le deuxième. Ils lui ont mis un canon de revolver sur la tempe et ils ont pris le chemin du campement secret. J'ai deviné qu'il pleurait, il était tout jeune. Pourvu que l'autre arrive à temps... Puis le cauchemar auquel nous ne nous attendions pas a commencé. Ils sont entrés dans toutes les maisons, en ont fait sortir les hommes et les ont menés dans le jardin des Veyssière. Même le petit Charbonnel, qui n'avait que seize ans. On entendait sa mère hurler. Elle s'est accrochée à lui, mais un coup de crosse lui a fait lâcher prise. Un soldat est entré chez nous. Il était tout jeune lui aussi ; il a fait signe d'ouvrir les autres pièces. Maman a ouvert sans bruit la porte de la chambre du grand-père et lui a montré qu'il dormait. Il était sourd et il ne s'est rendu compte de rien. Le soldat n'a pas insisté. On aurait même dit qu'il était gêné et il est sorti, faisant un geste du bras pour dire qu'il n'y avait pas d'hommes ici. Pendant un long moment, il y a eu un silence épouvantable. Ensuite, j'ai vu deux Allemands amener M. Malard, le pauvre, qui revenait de Saint-Médard et qui n'avait pas vu les voitures noires à temps. Il s'était fait prendre avant d'entrer dans le village. On n'entendait plus de cris, plus rien. J'ai soudain pensé à papa, j'ai regardé maman et je n'ai vu que ses yeux agrandis par la peur. Avait-il été pris, lui aussi ? Impossible de le savoir. De la maison, on ne voyait pas le jardin des Veyssière. On entendait juste des cris et des ordres en allemand. Puis de nouveau le silence. J'ai pris ma mère dans mes bras et nous sommes allées nous asseoir dans le *cantou* qui était encore allumé à cette saison, et où cuisait une soupe que nous ne mangerions jamais. Le silence a duré une éternité. Soudain, dans la nuit qui commençait à tomber, on a entendu des tirs ; une série, puis une autre. Maman s'est mise à crier. Nous savions toutes les deux ce qu'il venait de se produire. Je l'ai serrée contre moi, cachant sa tête dans mes bras. Un long moment est passé où tout semblait s'être arrêté, et une lueur dansante a éclairé l'obscurité. Je suis revenue derrière le rideau. C'était la maison des Veyssière qui brûlait. Je crois que nous avons passé la nuit dans la cuisine. Aucune des femmes n'a osé sortir après le départ des Allemands. De peur qu'il en reste encore, mais surtout par crainte de ce qu'elles allaient trouver. À l'aube, c'est le maire qui est venu. Avant, avec des hommes de Saint-Médard, ils avaient enlevé les corps du jardin. Mon père était bien parmi eux. Il y avait aussi le petit Lacoste, qui avait dû rendre visite à quelqu'un du village, le pauvre.

— Il a fallu dire au grand-père.

— C'est maman qui s'en est chargé. Le pépé n'a rien dit. Il aimait son gendre comme un fils. Il a gardé tout ce chagrin pour lui, mais il est mort le mois suivant.

— Et les résistants ? Ils ont été pris ?

— Celui qui s'était enfui a pu se cacher ; l'autre a été abattu, mais plus loin. Les maquisards avaient été alertés à temps et ont eu la vie sauve, sauf ceux qui se sont fait prendre dans le village. Ensuite, on a fait ce qu'on a pu pour sauver les exploitations. En un jour, j'étais devenue adulte. Je me suis occupée de ma mère, hébétée par la douleur. Les gens du voisinage nous ont aidées aussi.

Maria se tait. Je l'ai laissée parler sans presque l'interrompre. Pendant son récit, je n'ai pas bougé, je retenais même ma respiration, de peur de faire fuir cette Maria de douze ans que j'avais devant moi et qui racontait ce qu'elle n'avait jamais pu dire jusqu'à présent. Elle prend un coin de son tablier pour essuyer ses yeux, puis elle relève la tête.

— Voilà ! Tu voulais savoir, tu sais maintenant.

— Je te demande pardon, Maria. Je n'imaginais pas…

— Tu sais, c'était en train de pourrir au fond de moi, cette histoire. Il fallait bien la faire sortir.

— Et le dénonciateur ? Son corps ?

— Oh ! Lui, personne ne l'a réclamé, tu penses. Il est certainement enterré dans une tombe anonyme du cimetière. Pour les autres, on a fait le monument aux morts que tu connais et, plus tard, on a posé la plaque. Pour ne pas oublier, ils ont dit. On ne risque pas d'oublier, nous. La maison des Veyssière a été reconstruite pour redonner à Puyssolier son aspect d'avant, mais c'était fini, le village n'a plus jamais été comme avant.

— Personne ne veut parler de cette histoire, encore maintenant.

— Oui ; c'est enfoui au fond de nous ; en parler, c'est revivre ce cauchemar. Les images, les bruits, tout revient, comme si c'était hier. Tout est intact dans nos mémoires. Ici, il ne reste plus que moi à avoir connu cette horreur. Les autres sont partis ou sont morts.

Je prends la vieille dame dans mes bras, comme elle l'a fait autrefois avec sa mère, et je la berce doucement, honteuse d'avoir remué ces terribles souvenirs. Je suis à la fois déçue et soulagée : il n'y a pas de mystère autour de cette histoire. Nous parlons de choses et d'autres pour faire revenir un peu de légèreté dans l'air. Lorsque je sors avec elle, j'aperçois Moïse Vidal qui descend vers le ruisseau, en pressant le pas. Encore ! Il doit avoir une amoureuse par ici ! Il n'est plus tout jeune, mais pourquoi pas…

Il me salue d'un signe de tête, à son habitude, et poursuit son chemin. Je lui ai trouvé le regard fuyant, le sourire moins franc que d'habitude. Peut-être a-t-il un souci ou est-il gêné que je l'aie vu ?

Je raccompagne Maria jusque chez elle. Comment a-t-elle pu passer le ruisseau toute seule, à l'aller ? Je tiens son bras maigre serré sous le mien et j'adapte mon pas au sien, si petit, si léger. Nous ne parlons pas. Que dire après ce récit ? Arrivées devant sa porte, elle soulève un pot de géranium pour reprendre sa clé, se retourne vers moi et murmure simplement :

— Ne dis rien.

J'acquiesce d'un signe de tête, pose un baiser sur sa joue ridée et reprends le chemin de Pierrebrune.

Le soir, après dîner pour être sûre de lui parler, je téléphone à M. Lacoste. Il est consterné par ce que je lui raconte.

— L'homme de la photo serait donc mon oncle ?

— Je pense que oui, d'après les dires de Maria. Pierre Lacoste.

— Mon père m'a parlé d'un frère aîné, mort à vingt-deux ans pendant la guerre. Ils avaient une grande différence d'âge, mon père étant un « petit retardataire ». Lorsque son frère est décédé, il avait huit ans. Il ne s'en souvient plus vraiment, car toutes les photos de lui avaient disparu. Et vous les avez retrouvées. Quand vous m'en avez parlé, je n'ai pas pensé à lui, cet oncle m'étant sorti de la tête depuis longtemps. On n'en parlait jamais dans la famille. Après sa disparition, ma grand-mère a plus ou moins perdu la tête. Elle se fâchait si on parlait de lui, elle tenait des propos souvent incohérents. On a pris l'habitude de faire comme s'il n'avait pas existé pour la laisser en paix.

— Maria ne m'a pas dit que votre grand-mère avait perdu la tête. Pourtant, elles étaient proches.

— Vous savez, Maria n'est plus toute jeune, elle non plus. Ses souvenirs ne sont sans doute plus très nets.

Le récit du massacre de Puyssolier prouvait le contraire. L'esprit de Maria était très clair. Peut-être ne l'a-t-elle pas mentionné parce qu'elle estimait que cela ne me regardait pas.

— Comment se fait-il que ces photos n'aient pas été retrouvées avant, à votre avis ?

— Pendant la guerre, on n'utilisait déjà plus ce grenier à foin. Ce n'était pas pratique, car il n'était pas dans le même bâtiment que l'étable. On entreposait donc le fourrage au-dessus des vaches et on pouvait alors le faire tomber directement dans leurs crèches.

— La personne qui a mis ces photos ici savait donc qu'elles ne seraient probablement pas retrouvées.

— Certainement. Mais j'ai hâte de les voir. Décidément, j'ai bien fait de vous vendre la maison !

— Je vous les remettrai lorsque vous viendrez en Dordogne. Je les garde précieusement.

Je laisse M. Lacoste à sa perplexité et j'appelle Camille. L'automne est bien installé, maintenant, et je veux lui rappeler sa promesse de venir passer quelques jours avec moi à Pierrrebrune. Je me réjouis à l'avance d'avoir à préparer la chambre d'amis qui n'a encore jamais servi et que j'ai fini de décorer dans le même style que le reste de la maison : murs et rideaux blancs, couvre-lit blanc, mais coussins de couleurs vives dans la gamme des rouges. Aux murs, j'ai accroché des aquarelles colorées qui donnent un air de gaieté à la pièce. La vieille armoire en bois blond et le lit ancien lui rendent un peu de son allure d'autrefois. Seule concession à la vie moderne, outre le chauffage, un petit bureau avec mon ordinateur. Je pense que Camille se sentira bien ici. J'ai aussi besoin d'une présence amie de temps à autre.

Elle décroche tout de suite, ayant reconnu mon numéro affiché sur l'écran de son téléphone. Justement, elle allait m'appeler et, oui, elle peut venir une semaine, car c'est la saison creuse pour elle, entre l'été et les fêtes de fin d'année. Je suis ravie. Vendredi, je dois aller à Bordeaux voir ma mère et je la ramènerai par la même occasion. Adrien est tout content de connaître cette nouvelle « jeune fille », comme il dit ! Nous lui rendrons visite et je lui raconterai l'histoire du 10 mars 1944, telle que je la tiens de Maria. Il verra lui aussi qu'il n'y a pas de point d'ombre. Le récit, transmis de bouche à oreille, avec ses non-dits et ses sous-entendus, s'est chargé petit à petit d'un mystère qui n'existait pas. Mais je comprends maintenant l'attrait de ma vieille amie pour les livres traitant de cette époque.

J'arrive à Bordeaux comme à mon habitude, peu avant midi. La ville est sous le brouillard et je la trouve bien jolie en franchissant le vieux Pont de Pierre. J'ai un peu de mal à me repérer depuis les travaux du tram, qui ont changé le sens de circulation des rues. Je ne suis pas non plus de la génération GPS et je suis obligée d'être très attentive à ma conduite. Le plus simple est de trouver un parking et d'emprunter ce tram qui me complique la vie. Je me rends compte que je sacrifie toujours au même rituel : garer la voiture, acheter un sandwich puis aller boire un thé au café à l'angle de la place, flâner dans les rues en attendant l'heure de ma visite, entrer dans les mêmes boutiques sans rien acheter et enfin me diriger vers la maison de retraite du Parc. Camille ne sera chez elle qu'en fin d'après-midi, inutile d'aller sonner. Je me décide enfin à prendre le tram et, pendant le trajet, je me pose les mêmes questions : ma mère va-t-elle me reconnaître ? De qui va-t-elle se souvenir cette fois ? Ne se sera-t-elle pas dégradée physiquement ?

Je gravis lentement les marches qui conduisent au hall d'entrée et prends l'ascenseur jusqu'au troisième. Dans le couloir, je croise une des infirmières qui s'occupent d'elle. Elle se dirige vers moi et l'angoisse m'envahit. Que se passe-t-il ? Elle a le sourire et cela me rassure. Sa poignée de main franche et son regard bienveillant me disent qu'elle ne me mentirait pas. Elle a ressenti mon trouble et affirme que tout va bien, en tout cas que rien n'est pire. Mais elle voulait me dire que, depuis quelque temps, ma mère leur parle de Maria. Est-ce que je sais qui c'est ? J'explique qui est Maria, j'en ai parlé lors d'une visite qui remonte au mois dernier. Elle répond que les patients n'ont plus la notion du temps et qu'un souvenir ancien peut leur sembler très proche.

Déjà, lorsque j'avais mentionné son nom, maman s'était troublée, alors que ceux d'autres personnes qu'elle avait côtoyées n'évoquaient visiblement rien pour elle. Lorsque je frappe, personne ne répond. Comme d'habitude, je pousse la porte de sa chambre et j'entre. Elle somnole sur son lit. Elle ouvre les yeux quand je dépose un baiser sur sa joue et sourit.

— La gentille dame est revenue…

Je ne dis pas, cette fois, que je suis sa fille, pour ne pas la troubler. Je lui donne les chocolats achetés pour elle. Elle ouvre le paquet et en engloutit trois, coup sur coup. Je la laisse les terminer et lui demande :

— Alors ? Qui est là aujourd'hui, avec toi ?

— Toujours les mêmes, me répond-elle, étonnée. Ceux de Puyssolier et de Saint-Médard. Pas tous. Que les vieux.

— Même Maria ?

— Mais non ! Je vous ai déjà dit que Maria était restée là-bas…

— Pourquoi n'est-elle pas venue ?

Elle me regarde en secouant la tête comme si je ne comprenais pas.

— Elle a douze ans, Maria. Que voulez-vous qu'elle vienne faire ici ?

— Je ne connaissais pas son âge.

— C'est mon amie, vous savez. On a un secret toutes les deux.

— Ah ? Quel est ce secret ?

Ses sourcils se sont froncés.

— Un secret, ça ne se dit pas.

Je souris. À douze ans, quel secret peut-on avoir ? Un premier amoureux, peut-être.

— C'est vrai. Il ne faut pas le dire.

Elle est soulagée, mais insiste pourtant :

— C'est grave, comme secret. Je ne peux pas le dire.

— Bien !

La boîte de chocolats est presque vide. Elle n'aura pas faim au dîner, tant pis. Elle a eu un petit plaisir aujourd'hui, et c'est le principal. Je nettoie son visage barbouillé pour ne pas me faire gronder par le personnel qui ne comprendrait pas que je lui ai laissé avaler tant de chocolat. Je reste un peu auprès d'elle, mais elle a décidé de ne plus parler. Lorsque je l'embrasse, elle prend ma main et la serre un peu. J'en suis émue aux larmes ; il y a si longtemps qu'elle ne m'a donné de signe d'affection.

Je reprends le tram jusqu'au centre-ville et me dirige vers l'appartement de Camille qui doit m'attendre. Les jours ont terriblement raccourci et le crépuscule est déjà là. Je vais devoir conduire de nuit, mais je connais très bien la route. Les lampadaires s'allument peu à peu, les gens sortent du travail et rentrent chez eux sans traîner. Quelques mendiants, recroquevillés dans le froid qui tombe, tendent encore la main, sachant que les rues vont bientôt se vider. Je donne deux euros à l'un d'eux, un jeune homme au bonnet enfoncé sur la tête et à la barbe de plusieurs jours. Je pense à ma maison chaude qui m'attend, là-bas, en Périgord. Comme à chaque fois, à peine ai-je sonné que Camille apparaît. Elle a enfilé son manteau et tient son sac de voyage à la main.

— Je suis prête pour ma cure de grand calme !

— Le grand calme, tu ne crois pas si bien dire ! J'ai même peur que tu fasses une overdose de silence…

— On verra bien. J'ai l'intention de marcher, dit-elle en me montrant un sac en plastique contenant une paire de chaussures de randonnée toutes neuves.

— Très bien ! J'ai plein d'endroits à te montrer !

— Tu veux un café, ou on part tout de suite ?

— Je préférerais partir pour ne pas arriver trop tard, si cela ne te dérange pas.

— À vos ordres, capitaine ! Alors, en route !

Nous regagnons le parking en riant comme des gamines. Le voyage est très gai. Nous échafaudons des plans pour les jours à venir. J'ai beaucoup de choses à montrer. Camille n'est jamais venue en Dordogne. Nous prévoyons aussi de rester auprès du feu à discuter ou à lire. Nous égayons la nuit en chantant à tue-tête dans la voiture. Lorsque nous arrivons à Périgueux, je me sens chez moi. Puis voici Rézac. Pas un chat dans les rues, comme d'habitude, après huit heures. Une longue côte conduit à Saint-Médard ; le village brille au sommet de sa colline. En passant devant chez Catherine, je klaxonne pour l'avertir de notre retour ; nous sortons du village, atteignons Puyssolier par la route bordée de pommiers et prenons à gauche vers Pierrebrune. Je n'avais jamais traversé le hameau de nuit et il y a de quoi frissonner. De chaque côté de la route s'élèvent les silhouettes noires des maisons inhabitées. Mes phares éclairent une fenêtre ouverte sur l'obscurité ou un pan de muraille. Camille se tasse sur son siège.

— C'est vraiment là que tu habites ?

— Un peu plus loin, Camille. Mais ma maison est en bon état.

Nous quittons la route pour prendre le court chemin qui mène chez moi. Je gare la voiture dans la cour.

— Voilà ! C'est ici !

Je ne la sens pas rassurée pour autant… Je prends son sac dans le coffre, ouvre la porte et allume la lumière.

Elle entre derrière moi, méfiante. Je la fais asseoir sur le canapé pendant que je craque une allumette pour allumer le feu dans le *cantou* où j'avais préparé le bois avant de partir. Il fait déjà bon dans la pièce, car la chaudière neuve fonctionne bien, mais je sais qu'un feu de cheminée est fait, lui, pour réchauffer une atmosphère. Et il me faut réchauffer le cœur de Camille. Je fais cuire rapidement des côtelettes d'agneau, je sors du réfrigérateur un gratin de pommes de terre préparé lui aussi avant mon départ et je le passe au micro-ondes. Je déballe du fromage acheté au marché de Rézac et le repas est prêt. Je mets les assiettes sur la table de ferme que m'a laissée M. Lacoste. Le sourire de Camille me réconforte. Elle mange comme si elle était à jeun depuis trois jours et je le lui dis.

— Finalement, on est plutôt bien chez toi…

— Et tu vas dormir sans bruit de circulation !

Je lui fais visiter la maison ; c'est vite fait. Je lui montre sa chambre, la mienne, et nous nous installons à nouveau devant le feu pour discuter. C'est la première fois que quelqu'un vient dormir chez moi ; j'en suis heureuse et un peu angoissée. Je veux que tout se passe bien et qu'elle ne s'ennuie pas. À onze heures, elle bâille à s'en décrocher la mâchoire et nous allons nous coucher.

Lorsqu'elle se lève le lendemain, le petit déjeuner l'attend. Elle a dormi comme un loir ! Elle s'extasie devant la table. Il faut dire que, pour ma première invitée, je n'ai pas lésiné ! Du jus d'orange maison, des croissants que je suis allée chercher à Saint-Médard aux aurores, du pain frais, de la confiture de prunes que m'a donnée Maria et du café qui embaume la maison. Elle me demande quel sera le programme du jour.

— Nous allons aller au marché de Rézac faire des provisions fraîches pour quelques jours, et, cette après-midi, s'il ne pleut pas, nous irons à pied te présenter à Adrien qui meurt d'envie de faire ta connaissance. S'il pleut, nous prendrons la voiture.

— J'ai hâte de le connaître, cet Adrien ! Tu m'en as tellement parlé !

— Je suis certaine que vous vous entendrez bien.

— Et Maria ? On va voir Maria ?

— Si tu veux, oui. Et aussi Catherine et Bernard, mais un autre jour.

Il faut voir le marché de Rézac. C'est un marché de province tel que les Parisiens les imaginent. La bourgade s'éveille alors le temps d'une matinée pour replonger dans l'engourdissement dès le début de l'après-midi. Du monde partout, car, pour beaucoup, c'est la sortie hebdomadaire. On y trouve tout ou presque : des vêtements, des outils, de la volaille, des légumes… C'est aussi un marché cosmopolite et, en ce sens, il diffère des marchés d'autrefois. Le Hollandais installé en Dordogne vend son fromage, l'artiste anglais ses peintures, la dame vietnamienne ses nems, la Portugaise ses pommes… On y vient autant pour rencontrer des gens que pour faire ses provisions. À croire qu'un bain de foule hebdomadaire, où on se presse et où on se bouscule, est nécessaire au moral des gens de la campagne, isolés toute la semaine. On essaie de ruser dans la queue qui patiente pour avoir un poulet rôti. On se fâche un peu, on s'invective, on râle contre les touristes qui ont bien le temps, eux. Inutile, si vous êtes en voiture, d'essayer de passer : la rue, ce jour-là, appartient aux piétons et ils vous le feront bien savoir, en ne bougeant pas d'un pouce du milieu.

Nous sommes donc arrivées de bonne heure pour avoir une chance de ne pas nous garer trop loin. Le brouillard forme des halos autour des lumières qui éclairent les étals ; ça sent le café que boivent les marchands pour essayer de se réchauffer. Camille s'extasie sur tout : les petits fromages de chèvre à différents niveaux de maturation ; un alignement de canards plumés et vidés, la tête emmaillotée dans du papier blanc ; la fermière et ses paniers remplis d'œufs ; le boulanger et ses jolis pains... Des nuages de vapeur sortent des bouches parlant encore, pour beaucoup, l'occitan. Elle tend l'oreille, essaie de répéter une phrase entendue et rit de ne pas y arriver. Notre panier se remplit d'oranges, d'un canard, de panais, de fromages de chèvre et de fruits secs. J'achète un foie gras en conserve pour Camille et Adrien que nous avons décidé d'inviter. Nous repartons vers la voiture et j'aperçois Jeantou et Denise, les voisins de Maria. Je leur fais signe, le bras levé. Ils m'ont vue et s'approchent. Ils sont seuls et je m'en étonne.

— Maria n'est pas avec vous ?

— Elle est à la bibliothèque, à choisir ses livres pour la semaine.

— C'est vrai ! Elle vient à Rézac pour ça.

Je leur présente Camille et je vois le regard de Denise aller des chaussures aux cheveux de mon amie. Je leur demande des nouvelles de leur santé — les gens y sont sensibles — et j'en profite pour les féliciter de prendre soin de leur voisine comme ils le font.

Jeantou prend un air un peu ennuyé. Il gratte le sol du bout de sa chaussure et se lance.

— Je voulais vous dire... Ne le prenez pas mal, mais vous lui posez beaucoup de questions sur ce qui s'est passé chez nous, pendant la guerre.

— Oui. Il y a un problème ? J'ai dit quelque chose qu'il ne fallait pas ?

— Non, non, ce n'est pas ça, mais… On préférerait que vous arrêtiez. Vous comprenez, ça la perturbe, la Maria. On ne voudrait pas que ça lui fasse du mal. C'est difficile de revenir là-dessus pour elle.

— C'est elle qui en a parlé ?

— Non, bien sûr, mais on la connaît ; elle est fragile.

Je lui explique que c'est elle qui est venue chez moi pour raconter, qu'elle m'a dit en avoir besoin, finalement. Il hoche la tête, mais je vois bien qu'il n'est pas convaincu. Pour couper court à cette conversation qui me gêne un peu, je promets de ne plus en parler. Pourtant, il y a encore des choses que j'aimerais savoir. Mais je ne veux pas tourmenter Maria. Le couple s'éloigne rapidement. Je n'ai pas l'impression de leur être très sympathique, ce qui m'ennuie vaguement. Je rêvais tellement d'avoir de bonnes relations avec tout le monde. C'est une utopie, bien sûr. Camille me demande des précisions sur la conversation qui vient de se dérouler et à laquelle elle n'a pas compris grand-chose. Je raconte brièvement. Elle non plus ne voit pas pourquoi j'insisterais ; il n'y a rien à savoir de plus. Elle a sans doute raison. Je n'en parlerai plus.

Nous nous arrêtons chez Adrien pour l'inviter à dîner demain soir. Il est disponible et accepte avec joie. Il regarde Camille avec curiosité. Correspond-elle à ce qu'il imaginait d'une Bordelaise ? Je lui résume les propos de Maria en essayant de ne pas me laisser gagner par l'émotion. C'est peine perdue et ma voix finit par se briser. Il pose une main sur mon épaule et c'est lui qui me dit :

— Tu vois, il n'y a pas de mystère.

— C'est ce que je voulais te dire, en fait.

Pendant le récit, Camille n'a rien dit ; elle a juste écouté attentivement, son regard allant alternativement d'Adrien à moi.

Maria, elle, n'est pas encore rentrée de Rézac. Nous lui téléphonerons donc et lui proposerons de venir la chercher en voiture, car nous avons finalement décidé d'inviter tous mes amis. L'après-midi est un peu plus douce et je montre à Camille ce qui fait mon petit univers maintenant : le ruisseau, les collines, les maisons abandonnées qui, de jour, sont bien moins angoissantes que de nuit. Cependant, elle n'est pas franchement convaincue qu'on puisse vivre ici toute l'année, et surtout l'hiver.

Lorsque nous rentrons à la maison, nous croisons Moïse sur le chemin. À son habitude, il nous salue d'un signe de tête ; il me semble, cette fois, voir un sourire se dessiner sur ses lèvres. À laquelle s'adresse-t-il ? Curieusement, il ne porte pas son bleu de travail, mais un anorak et un jean qui lui donne un air beaucoup plus jeune.

Camille m'interroge.

— Et lui, qui c'est ?

— Moïse Vidal. Il est aussi de Puyssolier. Je ne sais pas trop ce qu'il fait, mais je le rencontre souvent sur le chemin.

Elle rit.

— Il a une copine par là !

— C'est aussi ce que je me suis dit… Il faudra que je demande à Maria. Les vieux, ils voient tout ; ils sont au courant de tout. Mais ça ne nous regarde pas !

— Ça ne nous regarde pas, mais tu aimerais bien savoir quand même !

Sans l'avouer, je suis intriguée par le manège de Moïse. Je l'avais trouvé plusieurs fois près de la maison. Et la fois où Maria est venue, il était encore là. Je ne crois pas qu'il ait des terres au-delà de Pierrebrune.

Le soir, j'appelle Maria. Non, elle ne peut pas venir, car son Ludo vient lui rendre visite. Pour une fois qu'il se décide, elle ne va pas manquer ça ! Je promets que nous irons la voir avant le départ de Camille, mais je ne lui parle pas de notre rencontre avec Jeantou et Denise. Je lui demande si Moïse possède des champs au-delà de Pierrebrune. Elle est étonnée de ma question. J'explique que c'est de la pure curiosité, car il passe souvent devant la maison. Tous ses terrains se trouvent entre Puyssolier et Saint-Médard, de l'autre côté. Camille penche donc pour l'explication de la « bonne amie », comme on disait autrefois !

Bernard et Catherine sont disponibles et seront des nôtres. Ils apporteront le vin.

J'ai sorti la nappe de maman ; je veux faire une jolie table. C'est la première fois que j'ai autant d'invités à Pierrebrune. L'après-midi a été consacrée à la cuisine. Nous avons fait rôtir le canard avec les panais, lavé une salade de mâche, disposé les fromages de chèvre sur le plateau et préparé une crème au chocolat qui fera bien plaisir à Adrien. Le foie gras sera une belle entrée. La table est mise : vieux service de Limoges et verres anciens chinés dans les brocantes. Camille sort. Quelques minutes plus tard, elle revient, un bouquet de houx à la main.

— Je l'avais repéré hier, un peu plus bas, près du gros chêne.

Nous allumons le feu. Camille s'assoit sur le canapé, regarde autour d'elle.

— C'est magnifique ! La maison de campagne telle qu'on l'imagine ! On se sent bien, chez toi, Cécile. Pour un peu, je resterais bien un mois entier ! Mais je travaille encore, moi !

— Tu reviendras quand tu veux, tu le sais bien.

À sept heures et demie, j'ouvre la porte sur un bouquet de fleurs derrière lequel se cache Adrien. Il est venu en voiture, car il n'est plus question de traverser le ruisseau à gué sans bottes en cette saison. Il nous embrasse toutes les deux, comme s'il connaissait Camille depuis toujours. Bernard et Catherine suivent de près, porteurs d'une bouteille de bergerac et d'une de monbazillac pour le dessert. Tout le monde trouve notre table superbe.

Le repas est très gai. La chaleur du *cantou* fait oublier le temps maussade de l'extérieur. Après le café, profitant d'un silence, Adrien me demande :

— À propos, tu pourrais nous montrer les photos que tu as trouvées dans le grenier ?

— Quelles photos ? demande Catherine que je n'ai toujours pas mise au courant.

Camille ouvre des yeux interrogateurs.

Je raconte donc la découverte de la boîte, les portraits du jeune homme et l'étrange impression que je l'ai déjà vu, ce qui est, bien sûr, impossible.

— Ce sont des photos de Pierre Lacoste, l'oncle de Guy Lacoste qui m'a vendu la maison. Il a été tué lors du massacre de Puyssolier, lui aussi. Je m'y suis intéressée car ça fait partie de l'histoire de la maison, mais Jeantou et Denise m'ont dit qu'il ne fallait plus en parler, parce que ça fait de la peine à Maria.

— Je n'ai jamais entendu parler de ce Pierre Lacoste, dit Catherine.

— Mes parents m'en avaient parlé, à propos du massacre, comme des autres, sans plus, ajoute Adrien.

Je précise :

— Personne ne se souvient de son visage, car on n'a pas retrouvé de portraits. Ils étaient cachés. Même Guy Lacoste a été étonné. Il ne sait pas qui a fait ça. Je pense que c'est la mère. Elle a plus ou moins perdu la tête après la mort de son fils aîné.

Je vais chercher la vieille boîte dans ma chambre et en vide le contenu sur la table. Je vois Camille s'emparer de l'un des portraits, celui pris sans doute peu de temps avant le massacre. Elle fronce les sourcils, semble réfléchir et ouvre la bouche sous l'effet de la surprise. Elle me regarde, regarde la photo et finit par dire dans un souffle :

— On dirait Moïse. Tu sais, le Moïse qui traîne toujours par ici.

Nous éclatons de rire.

— Camille, cette photo date, à peu près, de 1943 ou 1944. À cette époque, Moïse n'était pas né, ou alors il était tout bébé !

Je prends le cliché pour regarder à mon tour et l'évidence me saute aux yeux. Comment ne l'ai-je pas vu plus tôt ? Peut-être parce que la photo est en noir et blanc. L'homme a les mêmes yeux clairs que Moïse, ces yeux qui m'avaient frappée dès le premier jour, le jour où j'ai découvert la maison. Je ne sais plus quoi dire. La photo passe de main en main. Personne ne parle devant l'évidence, mais une évidence inexplicable.

— Il y a sûrement une explication, lance Catherine. Toi, Adrien, tu as connu sa mère, non ?

— Oui ; elle est restée à Puyssolier jusqu'à la fin de sa vie, avec Moïse, qui ne s'est jamais marié. Elle avait dû être une belle femme, jeune. Elle était grande et très brune. Et, non, elle n'avait pas les yeux clairs.

— Alors, peut-être son père…

— Ou alors…, chuchote Camille, les yeux plissés et un sourire amusé au coin des lèvres.

— Je ne crois pas, répond Adrien, qui a saisi l'allusion. En 1944, elle était mariée avec Vidal, et je crois qu'elle était enceinte quand les Allemands sont venus.

Je le reconnais bien là. Sa façon de ne pas dire les choses, de les minimiser, parce que c'est trop demander à sa sensibilité.

— Peut-être qu'il y a un lien de parenté entre les Vidal et les Lacoste, tente Bernard.

— Je ne sais pas. Mais tu te souviens, Catherine, du père Brugère ? C'était le portrait de Gabin ! Tout le monde l'appelait comme ça, d'ailleurs. Je suis sûr que beaucoup ne connaissaient pas son véritable nom.

— Tu as raison, dit Catherine. Ce sont les mystères de la génétique !

Nous en restons là de la conversation sur ce sujet, car personne n'a vraiment d'idée. Mais je suis troublée par cette ressemblance. Comment l'expliquer, en effet ? Moi qui pensais qu'il n'y avait plus rien de mystérieux autour de Puyssolier, je me trompais sans doute. Je remets le portrait dans la boîte. Du coup, nous n'avons pas regardé les autres photos. La douce chaleur du feu de bois (cette cheminée est une merveille : elle ne fume pas), l'heure qui s'avance et nos estomacs repus nous plongent dans une torpeur dont il est difficile de s'extraire. Nous continuons à discuter, les Périgourdins interrogent Camille sur la vie à la ville jusque tard. Comment peut-on vivre là-bas toute l'année ? Il est minuit passé lorsqu'ils se lèvent de table.

Nos invités partis, nous transportons la vaisselle jusqu'à l'évier – elle attendra demain matin – et remettons la pièce en ordre. En pliant la nappe, Camille me dit :

— Tu sais, il me plaît bien, Adrien. Il est gentil et pas mal du tout physiquement !

— Je ne veux pas te décevoir, Camille, mais il est bien installé dans sa vie de célibataire et je ne crois pas qu'il ait envie d'en sortir !

— Bah ! On peut toujours rêver… ou le faire changer d'avis.

Je ne réponds rien car je ne veux pas l'attrister, mais je n'ai pas vu Adrien très intéressé par mon amie, ce soir. Je prends la boîte de métal qui contient les photos en même temps que celle du sucre et les serviettes. Je fais quelques pas et, dans un mouvement brusque pour rattraper une serviette qui glisse, je laisse échapper le tout. Camille se précipite vers les photos qui se sont répandues sur le sol. Elle s'agenouille pour les ramasser mais se relève presque aussitôt.

— Tu as vu ça ?

— Quoi donc ?

— Derrière cette photo, il y a écrit quelque chose.

Je prends le cliché qu'elle me tend. C'est celui où le jeune homme est debout devant la maison. C'est étrange de voir ce qu'elle était alors, sans la treille, avec la vieille étable aujourd'hui disparue. Je retourne le petit rectangle dentelé. Au dos, il y a bien des mots, écrits au crayon, mais tellement pâlis par le temps qu'il est presque impossible de les lire.

— Tu as de bons yeux, Camille. Moi, je n'avais rien vu. Mais je ne peux pas lire ce qu'il est écrit.

— Tu n'as pas une loupe ?

— Ah ! Je crois que si.

Je vais chercher dans le tiroir de la table et je finis par la dénicher. C'est une loupe ancienne que j'ai achetée parce qu'elle était jolie. Je ne pensais pas m'en servir un jour. Nous nous penchons toutes les deux pour essayer de déchiffrer, mais le temps a fait son œuvre. Quelques mots seulement sont à peu près lisibles. Sors, idée, peur, veux pas, penses à ça, aimerais. La signature est réduite à un gribouillis. Camille se saisit de la photo et en gratte l'un des angles.

— Qu'est-ce que tu fais ? Ne l'abîme pas, s'il te plaît. Je dois les donner à Guy Lacoste.

— Attends, il y a une autre photo collée contre la première. On a du mal à s'en rendre compte, car elles sont de la même taille. Elles étaient sans doute bien rangées les unes sur les autres et l'humidité qui a pénétré dans la boîte non hermétique a collé ces deux ensemble. C'est sur celle-là qu'on a écrit.

Camille soulève un angle délicatement et elles se séparent sans trop de dégâts. Alors que nous nous attendions à voir encore une fois Pierre Lacoste, c'est une jeune femme qui apparaît. Elle est brune, coiffée à la mode de l'époque, avec une coque de cheveux au-dessus du front, et porte une robe plutôt courte, des socquettes blanches et des sandales.

— On dirait qu'il avait une amoureuse, ton Pierre Lacoste !

— Je montrerais bien cette photo à Maria, mais ça va la tournebouler et Jeantou va encore me faire la morale. Je vais attendre un peu. Si ça se trouve, elle n'est pas d'ici, la demoiselle. En vélo, on faisait des kilomètres. Bon, allons nous coucher, je tombe de sommeil.

Sans trop savoir pourquoi, je cache la boîte derrière une rangée de livres. Nous réfléchirons demain.

Le lendemain est un dimanche et j'ai prévu d'amener Camille dans le village voisin où se tient la traditionnelle fête des châtaignes. C'est la dernière manifestation de la saison et, apparemment, tout le monde ici y assiste. C'est Adrien qui m'en a parlé. On boit du cidre, on mange des châtaignes grillées ou bouillies en *boursades*, mais aussi des crêpes et des gâteaux fabriqués avec leur farine... Et on danse pour digérer. Camille dit qu'après ça elle ne mangera rien pendant deux jours, au moins, mais elle est prête à tenter l'expérience... Nous arrivons à la petite salle des fêtes de Saint-Pierre vers cinq heures et, déjà, on se bouscule devant les douceurs fabriquées par les dames du village. Les bénéfices de la fête iront à l'école, ce qui incite à consommer, chacun ou presque se sentant concerné. Nous nous frayons un passage jusqu'au groupe de Puyssolier. Je vois Camille rougir en apercevant Adrien. Moïse est là aussi et je m'en étonne : je ne l'imaginais pas dans cette sorte de manifestation. Il est en retrait, un demi-verre de cidre à la main, et n'a pas l'air très à l'aise. Jeantou et sa femme discutent avec un couple que je ne connais pas et qu'on nous présente comme les habitants de la maison bourgeoise du village, située face au départ du chemin de Pierrebrune. Je n'y ai pas prêté beaucoup d'attention, car elle est entourée de hauts murs et on ne la voit presque pas. À ma question, ils répondent qu'ils n'en sont propriétaires que depuis une vingtaine d'années. Ils l'ont achetée en très mauvais état, car elle n'était plus habitée depuis les années trente. Je leur fais part de mon admiration pour leur courage… Nous faisons également la connaissance de l'Anglais qui habite la maison sur laquelle est posée la plaque commémorative. Il nous explique dans son français hésitant que, normalement, à cette époque de l'année, il n'est pas là, mais qu'il a fait une exception pour assister à « ce » coutume. Jeantou et Denise nous ignorent et se sont éloignés du groupe dès qu'ils nous ont vues. J'hésite entre « dommage » et « tant pis ». Nous allons nous acheter des crêpes et un verre de cidre. En chemin, nous sommes arrêtées par un jeune couple qui nous salue ; leurs visages ne me sont pas inconnus, mais je ne sais plus où je les ai vus. Ils m'éclairent : ils sont les voisins de Catherine et de Bernard et nous nous sommes croisés lors de mes séjours chez eux lorsque je venais pour les travaux de la maison. Ils me demandent si je suis enfin installée et je ne peux que les inviter à venir constater eux-mêmes, ce qui a l'air de beaucoup leur plaire. Catherine n'a pas pu venir et elle me manque un peu. Alors que nous revenons vers notre groupe, tenant chacune une crêpe et notre verre, l'orchestre d'amateurs attaque une valse. Ils ne s'en sortent pas si mal. Il me semble reconnaître le chanteur : c'est un commerçant de Rézac. Nous regardons les danseurs et j'en profite pour me renseigner sur leur identité auprès d'Adrien. Je m'essuie les mains à la serviette en papier lorsqu'il tend les bras vers moi dans un geste d'invitation. J'hésite un instant ; il y a si longtemps que je n'ai pas dansé que j'ai peur de ne plus savoir. Je le lui avoue et il m'affirme que ça ne s'oublie pas. Je me laisse donc convaincre et me retrouve à tourbillonner sur la petite piste. Ce n'est pas désagréable et je me laisse aller. Dans un tourbillon, je croise soudain les yeux de Camille qui me font mal. Il n'y a pas de colère, juste de la tristesse. La danse terminée, je prends soin de m'écarter rapidement de mon cavalier. L'orchestre attaque une deuxième valse et je me précipite pour inviter Moïse qui ouvre de grands yeux surpris. Il pointe un index vers sa poitrine et je vois ses lèvres former le mot « moi ». Je hoche la tête ; il se penche vers mon oreille pour me dire qu'il ne sait pas danser, qu'il n'a jamais essayé. Mais, à ma grande surprise, il hausse les épaules et m'entraîne sur le parquet. La prestation est plus que laborieuse ; il fait de grands pas et en trois tours nous avons traversé la salle. Nous nous regardons et le fou rire nous gagne. Bientôt toute la salle rit. Moïse est écarlate, il secoue la tête comme pour dire jamais plus. J'ai réussi ce que je voulais ; Adrien n'a pas pu faire moins que d'inviter Camille qui a retrouvé le sourire. Je suis doublement heureuse : c'est la première fois que je vois vraiment rire Moïse.

Dans la voiture, nous chantons *Ballade en novembre* de Anne Vanderlove, souvenir de notre jeunesse. Ce n'est pas toujours très juste, mais le cœur y est, et nous rions lorsque la voix dérape. Cette semaine est passée très vite. Nous avons profité d'une éclaircie pour arpenter la campagne du Périgord dit vert et pour beaucoup discuter. Nous en avions besoin toutes les deux et notre amitié s'en est trouvée renforcée.

Le mardi, j'ai amené Camille visiter Périgueux. Quand j'étais petite, nous n'y allions pas très souvent ; on trouvait alors tout ce qui était nécessaire à Rézac. C'est Catherine qui me l'a fait vraiment découvrir lors d'une de mes venues en Dordogne. D'emblée, j'ai aimé cette ville, assez petite pour qu'on s'y sente bien, chargée d'histoire et pleine de jolies surprises. J'ai conduit mon amie dans les ruelles un peu sombres où l'on peut à tout moment tomber sur une porte Renaissance ou un colombage médiéval. Nous avons emprunté les passages presque secrets qui relient parfois deux rues, et qui serpentent au milieu des cours des vieux immeubles un peu à la manière des traboules lyonnaises. Je lui ai fait lever les yeux pour apercevoir des lucarnes sculptées ; nous avons poussé des portes autorisées pour gravir quelques-uns des beaux escaliers de la vieille ville. Je l'ai bien amusée, devant la tour gallo-romaine, en lui expliquant que la large brèche qu'elle présentait était liée au départ précipité du monstre local, la Coulobre, qui y avait élu domicile et en avait été chassé par le bon saint Front qui l'avait même poursuivi jusqu'à la Dordogne, à des kilomètres de là.

Nous avons déjeuné d'une galette de blé noir bien peu périgourdine en essayant de compter les clochetons de la cathédrale, puis nous avons regagné Saint-Médard en flânant sur les petites routes. Le lendemain, la pluie revenue nous a incitées à rester bavarder au chaud, mais, en début d'après-midi, un pâle rayon de soleil est apparu. J'ai proposé à Camille d'aller jusqu'à Brantôme, qui n'est qu'à une quinzaine de kilomètres. À peine avions-nous garé la voiture qu'un crachin pénétrant s'est mis à tomber. La petite ville, dans le froid et l'humidité, ne ressemblait en rien à ce qu'elle est l'été, joyeuse et grouillant de monde. Les boutiques troglodytiques étaient fermées et l'abbaye n'était plus qu'une masse pâle et blanche sous le ciel gris. J'ai promis de la ramener plus tard, à la belle saison, pour qu'elle ne reste pas sur cette mauvaise impression.

Nous sommes allées, le jeudi, rendre visite à Maria. Elle était contente de pouvoir parler un peu. La cuisinière à bois ronflait et il faisait chaud. Je savais qu'il n'en était pas de même dans les autres pièces qui ne bénéficiaient, elles, que d'un chauffage d'appoint. La bouillotte était indispensable à des pieds de quatre-vingts ans. Mais, disait-elle, elle avait toujours vécu comme cela et elle s'était habituée. On s'est assises toutes les trois à la lourde table, notre verre de café à la main. Camille admirait tout : la pendule, le vieux buffet, la cafetière en émail, la photo des parents de Maria, posant devant une paire de bœufs attelés, dans la chaleur de l'été. Sautant sur l'occasion, j'ai demandé :

— Tu as d'autres vieilles photos, Maria ?

— Bien sûr ! On gardait toujours les photos des mariages, des communions. Le photographe en faisait aussi des bébés, des soldats en uniforme, des familles… On ne fait plus ça, maintenant. Tout le monde a un appareil. Quand j'étais jeune, c'était rare.

— J'aimerais bien les voir. Il doit y en avoir de toi, jeune fille.

— Et aussi de ta maman, je pense.

Elle s'est levée et a disparu dans sa chambre. Nous l'avons entendue fouiller un instant, puis elle est revenue avec une boîte en carton dans les mains.

— Il y a un moment que je ne les ai pas sorties, a-t-elle dit en passant un chiffon sur le couvercle pour enlever la poussière.

La boîte était pleine aux trois quarts de photos jaunies, écornées pour certaines, et d'autres visiblement plus récentes ; quelques-unes étaient en couleur. On a vu défiler toute sa famille : son Ludo bébé, sa fille en communiante, son fils en militaire, elle jeune femme avec son mari. Elle disait « mon pauvre mari » ou « mon pauvre père » pour indiquer qu'ils étaient décédés.

— Tu n'en as pas des gens de Puyssolier, autrefois ?

— Juste des photos de mariage. Tu veux voir ?

— Oui, je veux bien. Tu vas voir, Camille. Elles étaient drôles, ces photos !

Elle a tiré de la boîte celle de la noce de Jeantou et de Denise, pas assez ancienne pour être intéressante. Puis celle des Veyssière, dont la maison avait été incendiée par les Allemands. Elle datait d'avant la guerre. La mariée portait une robe courte et un voile retenu très bas sur le front par une sorte de couronne de perles. Les enfants du premier rang avaient tous leurs mains posées sur les genoux, ordre sans doute du photographe. De part et d'autre des mariés, les demoiselles d'honneur posaient. Au dernier rang, l'immuable accordéoniste faisait mine de jouer. Elle avait, bien sûr, la photo du mariage de mes parents ; c'était un peu douloureux de les voir tous les deux, heureux, certains alors d'une longue vie commune. J'ai revu mes grands-parents endimanchés, des gens inconnus et Maria, jeune et jolie avec son tout nouveau mari. Je l'ai complimentée sur sa beauté ; elle a ri et a regardé de plus près la jeune femme pleine de vie qu'elle était alors. Enfin, elle a sorti celle que j'espérais : la photo du mariage des Vidal, les parents de Moïse. Le marié était petit, brun de peau et de cheveux, et avait probablement les yeux noirs. La mariée, qui ne souriait pas, portait une robe courte, resserrée sous la poitrine et dont les plis cachaient assez mal un ventre que l'on devinait un peu rond. Moïse avait été conçu. Pas de voile blanc pour elle, mais un petit chapeau. J'ai passé la photo à Camille qui a eu la présence d'esprit de ne pas manifester son étonnement. La mariée était la jeune femme de la photo trouvée chez moi.

— Dis-moi, Maria, elle était d'ici, la mère de Moïse ?

— Non ; elle était de Saint-Pancrace. Ils s'étaient connus au bal. Ils se sont fréquentés longtemps avant de se marier. Tellement longtemps que le Louis, le père de Moïse, commençait à trouver le temps long. On disait qu'elle avait eu d'autres amoureux, avant. Mais ce qu'on dit… Bon. Elle a accepté pour le mariage quand Moïse s'est annoncé. Après, tu connais l'histoire. Elle était enceinte de huit mois quand les Allemands ont tué son mari avec les hommes du village.

— C'est pour ça que tout le monde a l'air gelé, sur cette photo ! Ils ont été obligés de se marier en hiver.

— En novembre 1943 oui. J'avais onze ans, mais je me souviens. On avait ôté les manteaux pour la photo.

— Et après, elle ne s'est pas remariée ?

— Non, elle ne s'est jamais remariée, preuve que c'était bien lui qu'elle aimait. Les mauvaises langues n'ont eu qu'à se taire. Elle a élevé son fils toute seule et elle a toujours été gentille avec ses voisins, prête à rendre service. Mais elle était triste, mon Dieu, qu'elle était triste... Après ce qu'on avait vécu ici, c'est normal, tu me diras. Mais les autres ont fini par revivre. Il y en a qui ont refait leur vie ; pas ma mère, c'est vrai, mais elle avait réappris à sourire, à rire, même. Pas la Berthe. Pauvre Moïse. Ça n'a pas dû être drôle de naître dans tout ce malheur et de grandir avec cette mère toujours triste. Pourtant elle l'aimait, son fils. On trouvait qu'elle le couvait un peu trop. Le petit est devenu comme elle : gentil, mais pas bavard. Il ne riait pas beaucoup non plus.

— Et les grands-parents ?

— Eux, il n'y a que la terre qui les intéressait. Ils étaient contents du mariage, parce que les parents de la Berthe avaient une grande propriété qui devait revenir à Louis plus tard. S'ils avaient su... Après la mort de leur fils, ils ne se sont pas vraiment occupés de l'enfant. Il faut dire que c'était leur fils unique. Mais tout de même... Les parents de Berthe habitaient à quelques kilomètres. Ils venaient de temps en temps avec la charrette tirée par une grande mule. Je pense qu'ils laissaient un peu d'argent, parce que Berthe, elle ne devait pas en avoir beaucoup, la pauvre. Ils ne sont venus que deux ou trois fois ; très vite, on ne les a plus vus. Je ne sais pas ce qu'il s'est passé. Le petit n'a jamais manqué de rien. Berthe devait économiser sou à sou. Quand les vieux Vidal sont morts, la maison est revenue à Moïse, forcément. Il n'y avait pas d'autre héritier. Berthe est morte il y a cinq ans, maintenant. Moïse a été long à se consoler. Ils étaient très proches.

— Il ne ressemble pas à ses parents, Moïse, a hasardé Camille.

— Il a la forme de visage de sa mère.

— Mais pas grand-chose de son père.

— Il doit ressembler à ses grands-parents de Saint-Pancrace. Je ne me souviens plus comment ils étaient. Et puis ça n'a pas d'importance, coupa Maria.

— Non, bien sûr...

— Alors, Camille, vous allez repartir à Bordeaux ?

La volonté de changer de conversation était nette et nous avons joué le jeu. Nous savions ce que nous voulions savoir. Pendant qu'elles bavardaient, je suis allée à la porte et j'ai soulevé un peu le rideau crocheté. C'est de là que Maria avait vu la lourde voiture noire marquée d'un B, de là qu'elle avait vu le dénonciateur en descendre. Un frisson m'a parcourue et je me suis tournée vers les deux femmes :

— Allez, Camille, il faut partir.

Elle n'a pas dit un mot pendant le trajet du retour. Quand nous sommes arrivées à la maison, elle a accroché son manteau et a parlé enfin.

— Tu penses comme moi, n'est-ce pas ? Moïse est le fils de Pierre Lacoste.

— Probablement, oui. Un accident, peut-être.

— Ou une liaison !

— Pense aux mots écrits derrière la photo. Je crois plutôt à un accident. Peut-être que Pierre était amoureux et voulait l'épouser, mais elle l'en a dissuadé : *sors-toi ça de la tête* ; *je ne veux plus que tu penses à ça. Ça colle, non ?*

— Moui... Et *peur* ? *idée* ? *aimerais* ?

— Elle devait avoir peur que ça se sache. Et elle a épousé l'autre, pour que, comme on disait, le petit ait un père. Pour les autres mots, je ne sais pas...

— Pourquoi n'a-t-elle pas épousé Pierre ?

— Parce qu'elle ne l'aimait probablement pas.

— Mais elle lui avait donné sa photo, tout de même !

— Elle a fini par choisir l'autre. Je ne sais pas, Camille, je n'arrive pas à comprendre.

— Si les deux hommes n'avaient pas été tués le 10 mars, je me demande comment l'histoire aurait fini.

— Je pense qu'il a dû y avoir d'autres histoires semblables. On faisait semblant de ne pas savoir, mais tout le monde était au courant. Maria sait, mais elle ne dira rien.

— C'est mieux pour Moïse, non ?

— Certainement. Sa mère doit être une héroïne pour lui. Ce serait terrible s'il apprenait comment il est venu au monde.

— Donc, motus !

— Exact !

Nous sommes ravies toutes les deux de notre semaine ; la seule chose qui m'inquiète un peu, c'est que je vois bien qu'Adrien plaît beaucoup à Camille, et je ne veux pas qu'elle se fasse trop d'illusions. De retour dans sa « capitale », peut-être n'y pensera-t-elle plus. D'un autre côté, il est assez réconfortant de voir que l'âge n'a rien à voir dans les sentiments. L'autoroute est encore plus déserte que d'habitude, ce qui n'est pas pour me déplaire. Nous pouvons ainsi discuter, entre deux chansons, sans que je sois trop accaparée par la conduite. Je sens bien que je n'ai plus les réflexes d'avant et je suis attentive. La conversation revient sur la mémorable soirée des châtaignes et sur ce que Camille appelle « l'affaire des photos ».

Nous sommes parties ce matin après être passées à la boutique dire au revoir à Catherine. Nous sommes invitées à déjeuner chez Lise, à Lormont. Nous arrivons sans encombre devant le coquet pavillon ; son mari sort nous accueillir. Nous sommes heureux de nous revoir après ce mois de septembre passé ensemble. Ils sont ravis des bonnes choses que nous avons apportées de Dordogne. Pendant le repas, nous nous remémorons les vacances. Lise montre les photos qu'elle a prises : la jolie maison dans les pins, une sieste sur la plage, moi sortant de l'eau… Camille, à son tour, raconte la maison de Pierrebrune, les gens du village. Elle évoque Adrien en rosissant et j'ai peur pour elle. Elle parle des photos trouvées, malgré mes sourcils froncés.

— Cécile veut tout savoir sur ces photos, mais ça ne la regarde pas.

— C'est vrai, ça ne me regarde pas. Mais je les ai trouvées chez moi, c'est pour ça que je suis intriguée.

Tous me traitent de curieuse et sont d'accord sur le fait que cette histoire n'est pas la mienne. Je n'insiste pas, ils ont raison. Juste une chose ou deux à vérifier et, promis, je ne m'y intéresse plus.

Il est décidé que je passerai la nuit chez Camille pour pouvoir aller à la maison de retraite demain avant de repartir. Sur le chemin de Bordeaux, Camille a évoqué la possibilité de fêter le Jour de l'an chez moi. Je sais bien pourquoi, mais l'idée ne me déplaît pas, bien au contraire. Son sourire finit de me convaincre : nous célébrerons la nouvelle année à Pierrebrune !

Le lendemain est un jour clair ; les brumes de la Garonne se sont rapidement dissipées et un petit soleil d'hiver est apparu soudain, baignant la ville d'une lumière froide mais agréable. J'ai pris congé de Camille, en confirmant le rendez-vous de fin d'année. Elle est contente. J'ai bien vu briller ses yeux, mais je n'ai rien dit pour l'encourager à espérer qu'un jour Adrien s'intéressera à elle. À mon habitude, je prends le tram que je connais bien, j'arrive au Parc, je salue l'infirmière de service et me dirige vers le troisième. J'ai amené un petit bouquet de roses, comme toujours, sans vraiment espérer que maman le verra. Je frappe et pousse la porte ; elle est assise dans son fauteuil, et tourne la tête au bruit. Elle plisse les yeux et un mot se dessine sur ses lèvres. J'ai dû me tromper. Le mot revient, plus précis cette fois : Cécile. Émue aux larmes, je m'approche d'elle, m'accroupis pour être à sa hauteur. Sa main se pose sur ma joue. Cécile. Ma joie est immense. Nous sommes « un jour avec », dirait l'infirmière.

Je sais que cette phase de lucidité risque de ne pas durer. Je ne lui montre pas mon trouble, dépose un baiser sur sa joue et les fleurs sur ses genoux. Elle sourit. Elle aimait tant les roses.

— Tu vas bien, maman ?

— Oui, tout va bien. Les gens sont gentils avec moi, tu sais. Ton travail se passe bien ?

À quoi bon lui dire que je ne travaille plus ? Je réponds donc que oui, tout va bien pour moi aussi, que Maria l'embrasse. Elle est songeuse. Ce nom évoque-t-il encore quelque chose pour elle ? Mais elle semble se souvenir.

— Maria, mon amie Maria… Elle m'a dit son secret, mais chut, il ne faut pas le dire.

— Je sais, maman, tu me l'as dit la dernière fois. Il ne faut pas en parler. Tu te souviens du petit Moïse ?

— Moïse… Oui, le petit de Berthe ?

Et, plus bas :

— Il lui ressemble, n'est-ce pas ?

— À Berthe ? Non, il ne lui ressemble pas. J'ai vu des photos. Et tu te souviens de Pierre Lacoste ?

Elle ouvre grand ses yeux, l'air effrayée.

— Le Pierre, il est méchant. Méchant. Mais chut…, dit-elle en jetant autour d'elle des regards apeurés.

Elle est repartie dans le brouillard. Le moment de grâce est passé et je m'en veux d'en avoir profité au lieu de lui avoir donné juste de la tendresse. Je l'entoure de mes bras, elle se détend, mais elle ne sait plus qui je suis. Pourquoi cette histoire m'obsède-t-elle à ce point ? Pourquoi chercher à savoir ? Camille et les autres ont raison : elle ne me regarde pas. Je mets les fleurs dans un vase et reste encore un peu. Maman me sourit poliment. Elle sait qu'elle m'aime bien, c'est tout.

Sur la route du retour, je mets le chauffage et l'autoradio pour écouter les informations, mais je me rends compte au bout d'un instant que je ne sais même pas de quoi le journaliste a parlé. Je repense à ce qu'elle m'a dit : « Il lui ressemble… Le Pierre, il est méchant. » Des bribes de conversations qu'elle a eues, enfant, avec Maria ? Voulait-elle dire que Moïse ressemblait à Pierre ? Mais pourquoi était-il méchant ? L'avait-il été avec Berthe ? Est-ce pour cela qu'elle avait préféré Vidal ? Pour que son fils n'ait pas un père violent ? L'affaire se complique. Une petite voix me dit : « Laisse tomber, pas ton problème. »

J'ai ramené un tas de bouquins de Bordeaux. Heureusement, car l'hiver s'annonce précoce. La moitié de mes économies du mois dernier y sont passées, mais je n'ai aucun regret : des romans français, des romans espagnols que j'affectionne, un ouvrage sur la peinture hollandaise et un sur les loups, car il semblerait, aussi incroyable que ça puisse paraître, qu'on en ait aperçu un dernier à Saint-Médard au début des années cinquante. Le feu flambe dans la cheminée, plus pour le plaisir que par nécessité : la maison est petite et facile à chauffer. C'est tellement beau ! Mouvant et changeant comme un océan. J'ai acheté une deuxième étagère que j'ai montée hier. J'y installe mes nouvelles acquisitions, par ordre alphabétique d'auteurs. Je ne suis pourtant pas bien ordonnée, mais j'aime retrouver un ouvrage rapidement. Un ronflement de moteur laisse ma main en suspens un instant. Je vais ouvrir la porte. Adrien est sur le seuil, s'essuyant déjà les pieds au paillasson neuf, sur lequel est marqué le mot « bienvenue ». Il ne travaille pas, aujourd'hui ? Non, il est venu bavarder un peu. Cela ne lui ressemble pas ! Je tire deux chaises devant le foyer et l'invite à s'installer.

— Tu tombes bien, Adrien. J'ai une proposition à te faire !

— Tout ce que tu veux !

— Attends de savoir ! Voilà ; j'ai pensé que nous pourrions fêter le Nouvel An ensemble, ici. Ce sera le premier que je passerai chez moi et je voudrais marquer l'événement.

— Qui, nous ?

— Ceux de l'autre jour : toi, moi, Catherine et Bernard, ainsi que Camille.

Il baisse la tête un instant, puis regarde le feu avec un peu trop d'attention.

— Elle est gentille, Camille. Je l'aime bien.

Connaissant le goût d'Adrien pour les euphémismes, je me demande si…

— Elle aussi, elle t'aime bien. Elle te trouve très agréable.

— Oui, elle me l'a dit.

Je suis étonnée.

— Ah ? Et quand ?

— Le soir de la fête des châtaignes, en dansant.

Je ne peux m'empêcher de sourire de son air embarrassé. Son goût du célibat n'aurait-il pas résisté au charme de mon amie ? Aurait-elle réussi à lui faire prendre conscience qu'il pouvait tomber amoureux à nouveau ? Je décide d'en avoir le cœur net.

— En fait, l'idée du Nouvel An vient d'elle, tu vois.

— Je vois quoi ?

Il a dit ça un peu brusquement en me regardant dans les yeux. Un instant, je pense m'être trompée.

— Eh bien, je crois qu'elle a eu cette idée dans l'espoir de te revoir.

— Ah ! tu penses ! Camille, jolie, intelligente, habituée à la ville… Non, je ne crois pas qu'elle veuille me revoir.

Je pose ma main sur sa main dans un geste fraternel.

— Écoute, Adrien. Je vais te dire ce que je pense. Tu en feras ce que tu voudras. Après, je n'aborderai plus le sujet, si tu le souhaites, mais ce sera dit.

Il s'est un peu tassé sur sa chaise et il a rentré la tête dans les épaules, comme un enfant qui attend les remontrances de sa mère.

— Je sais que tu plais beaucoup à Camille, et ça me faisait peur. Je n'ai pas envie qu'elle souffre. Mais je ne pensais pas que ce soit réciproque. Alors, je te donne mon avis : si c'est le cas, n'hésite pas. Arrête de te murer dans ton rôle de célibataire heureux de l'être. J'y ai cru jusqu'à tout à l'heure ; maintenant, je n'y crois plus du tout. Là, je t'assure, tu ne risques pas un refus.

— Je ne sais pas. Je ne sais pas quoi te dire.

— Rien. Ne me dis rien à moi. C'est à elle qu'il faut parler. Ta vie est bien entamée. Ne passe pas à côté d'un bonheur.

Il ne dit rien, il hoche la tête lentement ; il regarde le feu, remet une bûche et se tourne vers moi.

— En fait, elle me plaît beaucoup. Je n'ai pas voulu l'admettre au début parce que j'avais l'impression de tromper Isabelle. J'ai fait une chose inimaginable... J'ai téléphoné à mon fils et je lui ai expliqué. Je pense que c'est aussi pour mes enfants que je voulais rester seul.

— Et alors ?

— Il m'a dit qu'ils étaient adultes depuis longtemps et que j'avais droit au bonheur moi aussi. Et il a ajouté que j'avais sa bénédiction et qu'il savait que sa sœur pensait comme lui, car ils avaient déjà évoqué cette éventualité.

— Alors, plus rien ne te retient ! J'espère juste que vous m'inviterez si vous vous mariez !

— Ce n'est pas encore fait...

Il sourit, se lève, reprend son anorak, pose une bise distraite sur ma joue et s'en va. Je remets machinalement une autre bûche dans le feu et continue mon rangement. C'était peut-être pour entendre ce que je lui ai dit qu'il était venu.

Hier, je suis allée à la mairie et j'ai eu les renseignements que je cherchais. Ce que j'ai découvert ne m'aide pas et obscurcit encore l'histoire. Il va falloir revenir parler à Maria, et tant pis pour Jeantou. Comment a-t-il su, à propos, que je lui avais parlé de la guerre ?

Je ne peux plus traverser le ruisseau à gué. Les eaux d'hiver en ont recouvert les pierres qu'il faudra remettre en place au printemps. Je ne peux qu'admirer ces remous bruyants entre cailloux et herbes sèches. Le chemin, de l'autre côté, n'est plus emprunté que par les chevreuils ou les sangliers dont on voit les traces au bord de l'eau. Je suis obligée de prendre la voiture pour aller jusqu'à Puyssolier. J'ai acheté un roman pour Maria, afin de la sortir de ses histoires de guerre. Il faut qu'elle s'autorise aussi à lire ce genre de livres. Même si elle trouve que ce n'est pas très sérieux, je suis certaine qu'elle y prendra du plaisir. Pour ne pas trop la dérouter, j'ai choisi le dernier ouvrage d'un écrivain briviste qui parle du Limousin tout proche. Je me range devant sa maison et envoie un sourire aux rideaux de la maison d'à côté en fermant la portière. Je me retiens pour ne pas crier : « Bonjour, Denise ! » Ce soir, Jeantou aura le compte rendu de ma visite ! Je frappe à la porte de Maria et la pousse avant même d'avoir entendu la réponse. Elle est en train de ranger sa vaisselle ; elle me sourit et s'approche pour m'embrasser. Elle me semble encore plus petite, plus frêle que d'habitude. Avec son tablier à fleurs bleues sur fond noir, ses cheveux tirés en chignon serré et sa peau mate, on dirait une mama sicilienne ou calabraise.

— Je fais chauffer le café ?

— Je veux bien !

Je la regarde faire. Toujours les mêmes gestes : elle pose la casserole sur le coin de la cuisinière qui ronfle, sort les verres de la partie haute du buffet puis la boîte à sucre, jette un coup d'œil pour s'assurer que le café ne bout pas, relève un pan de tablier pour attraper le manche de la casserole sans se brûler, et retourne vers la grande table à petits pas. Je me rends compte que j'aime Maria comme si elle était la grand-mère que je n'ai pas connue et dont elle n'a pas l'âge d'ailleurs. Je ne veux pas la rendre triste. Elle s'assoit enfin près de moi.

— Alors ? Tu ne t'ennuies toujours pas dans ton village fantôme ?

Ses yeux rient en me posant la question !

— Non ! Toujours pas ! Tiens, regarde ce que je t'ai apporté !

Elle prend le livre, le tourne dans ses mains, l'ouvre, et, à son habitude, en caresse la couverture.

— Je le connais, ce monsieur. J'ai déjà lu quelques-uns de ses romans, mais pas celui-là.

— Je pensais que tu ne lisais pas de romans, que du « sérieux ».

— Autrefois, non, je n'en lisais pas. Tu sais bien qu'à la campagne, lire, c'est souvent perdre son temps. Mais la dame de la bibliothèque de Rézac m'en a conseillé un, une fois, et j'ai bien aimé. Après, j'en ai acheté un autre à la librairie. Je suis bien contente ! Je n'avais plus rien à lire !

Le livre va rejoindre les autres sur l'étagère qui est maintenant bien remplie. Elle ramène quelques gâteaux secs qu'elle trempera dans le café. Elle adore ça.

— Maria, il faut que je te dise… Je crois que j'ai compris des choses pour l'histoire de Moïse, de ses parents et du massacre des hommes du village. Je me demande si tout n'est pas lié.

Elle relève la tête et plisse ses yeux, qui se font durs, tout à coup.

— Je t'ai dit qu'il ne fallait plus parler de tout ça. Remuer les vieilles histoires, ça porte malheur.

— Non, ça ne porte pas malheur. Je comprends qu'on ne veuille plus en parler. Alors voilà. Je vais te dire ce que j'ai trouvé, mais il me manque des éléments. J'aimerais bien en savoir un peu plus. Je te jure que ce que nous dirons ne sortira pas d'ici, que je n'en parlerai plus jamais, à personne. Surtout si ça doit faire du mal.

— Je vois bien que tout ça te tracasse depuis longtemps, et que tu ne me lâcheras pas. Mais je ne peux rien te dire de plus, je t'assure.

— J'ai souvent repensé à l'histoire que tu m'as racontée quand tu es venue chez moi. Mais il y avait des choses que je ne comprenais pas, parce que je sentais que je n'avais pas tous les éléments : d'abord cette plaque, le massacre et sa part d'ombre, la découverte des photos qui a ravivé ma curiosité. Et puis voilà que Camille trouve que Pierre Lacoste est le portrait de Moïse, ou vice-versa, sans qu'ils n'aient aucun lien de parenté. À n'y rien comprendre. Je suis venue avec elle pour te la présenter, mais je voulais savoir aussi si tu avais des photos de mariage de tes voisins. En principe, à la campagne, tout le village était invité à la noce ; donc, c'était probable. Par chance, tu avais celle qui m'intéressait : celle du mariage Vidal. Moïse aurait pu ressembler à un de ses parents, mais non. Aucun doute. Je ne connaissais pas sa mère, non plus. Et j'ai vu ce à quoi je m'attendais. Car je ne te l'ai pas dit, Maria, mais, dans la boîte trouvée chez moi, il y avait la photo d'une jeune femme. Cette femme, c'était Berthe, la mère de Moïse.

Je vois bien qu'elle est mal à l'aise. Elle a croisé ses pieds l'un sur l'autre et joint ses mains au creux de son tablier. Elle ne nie pas. Alors je continue.

— Les choses devenaient un peu plus claires. Pierre Lacoste était le père de Moïse. Je pense que beaucoup sont au courant, mais il faut probablement que Moïse continue à croire qu'il est le fils Vidal, ce qu'il est légalement. Je ne sais pas pourquoi Berthe et Pierre ne se sont pas mariés. L'autre jour, à Bordeaux, j'ai parlé de lui avec ma mère. Elle m'a dit qu'il était méchant ; je ne sais pas non plus pourquoi elle a dit ça. Je suis allée à la mairie, aussi, l'autre jour. Tu m'avais dit que le corps du dénonciateur avait été certainement mis dans une tombe anonyme du cimetière, car personne ne l'avait réclamé. Il aurait aussi pu avoir été mis dans une tombe communale. On a cherché, avec la secrétaire, et on a découvert qu'il n'y avait jamais eu de fosse commune ou de tombe communale au cimetière de Saint-Médard. Ni aucun inconnu enterré pendant la guerre. Comme je voulais être sûre de ne pas me tromper, je m'y suis arrêtée et je l'ai passé au peigne fin : il n'y a aucune sépulture anonyme non plus. Il n'est donc pas là. Alors où est-il ?

— Comment veux-tu que je sache ? J'avais douze ans. Après, on n'en a plus parlé.

— Enfin ! Il ne s'est pas volatilisé ! Je ne comprends pas : un homme que personne ne connaît arrive, il dénonce les hommes du village, il est tué et son corps disparaît ? Il n'y a pas de logique là-dedans. Pourtant, je sais bien que c'est arrivé. Mais avoue, Maria, que c'est étrange.

— Étrange, peut-être, mais vrai. Il y a des choses qui ne s'expliquent pas.

J'accepte le café qu'elle me propose ; nous tournons nos cuillères sans rien dire. Pourquoi Maria ne me dit-elle pas tout ce qu'elle sait ? Mais peut-être dit-elle la vérité. Peut-être que ceux qui savaient sont morts.

Le soir, j'ai du mal à m'endormir. Soudain, une idée me traverse l'esprit : soit le dénonciateur n'a pas été enterré anonymement et son nom figure sur une des tombes du cimetière de Saint-Médard, soit il a été inhumé ailleurs. Maria m'a dit que personne n'avait réclamé le corps. Les adultes autour d'elle ont dû en parler.

Le lendemain après-midi, on sent bien que l'hiver s'installe. Il fait gris et froid ; il a gelé cette nuit et l'herbe craque sous les pas. Les oiseaux se pressent autour des boules de graisse et de graines que je renouvelle quotidiennement. J'enfile un anorak et noue une écharpe autour de mon cou pour revenir voir la plaque encore une fois. Lorsque j'arrive, M. Johnson, l'Anglais dont j'ai fait la connaissance lors de la soirée à Saint-Pierre, nettoie ses massifs de fleurs. Il me fait un signe et je m'approche.

— Bonjour, monsieur Johnson. Je ne veux pas vous déranger, juste jeter un coup d'œil à la plaque qui est sur votre mur.

— Pas de problème, madame Ravel.

Il s'essuie les mains et m'accompagne. Il entreprend de me raconter l'histoire de ce terrible jour de mars. Je n'ose pas lui dire que je la connais déjà et je le laisse terminer. Heureusement, il se contente des grandes lignes. Nous relisons en silence ce que nous connaissons parfaitement tous les deux. Le nom de Pierre Vidal est là, en neuvième position, dans l'ordre alphabétique, avec ceux de ses camarades d'infortune.

— Ils étaient tous de Puyssolier, vous savez, me dit mon accompagnateur avec son accent charmant. Sauf les maquisards cachés dans les bois à proximité.

— Presque tous. Pierre Vidal était de Pierrebrune, où j'habite.

— Je ne le savais pas, personne ne me l'avait dit…

— Ça n'a pas beaucoup d'importance, le pauvre.

Je refuse le thé que M. Johnson me propose et retourne lentement vers la voiture. Pas d'indice ici. Je ne sais pas vraiment ce que je comptais trouver. La maison d'Adrien est fermée; il travaille. Une voiture est arrêtée devant la maison de Maria; c'est celle de sa fille. Je m'arrête brusquement et me dissimule derrière un arbuste. Je n'en crois pas mes yeux! Denise est sortie de chez elle et s'est arrêtée tout près de la porte de Maria. De l'intérieur, on ne peut pas la voir. Voilà comment ils ont su que je l'avais interrogée sur la guerre! J'hésite entre envie de rire et exaspération. Dorénavant, je ferai attention à ce que je dirai.

En parcourant le petit kilomètre qui sépare Puyssolier de ma maison, je réfléchis. Quelque chose dans ma conversation avec l'Anglais a retenu mon attention sur le moment, mais je ne sais pas quoi. Arrivée à la maison, je mets un vieux *Sud Ouest* et des fagots dans la cheminée, quelques bûches sur le tout, et je craque une allumette; le feu ne prend pas: j'ai trop tassé le bois. Je recommence et me brûle. Je ne suis pas à ce que je fais... Quelque chose me tracasse que je n'arrive pas à saisir. Au moment où la flamme jaillit, un frisson me parcourt: je sais. Je sais ce qui a retenu mon attention, tout à l'heure, quand j'étais avec M. Johnson. Peut-être est-ce une fausse piste, peut-être ce détail n'a-t-il aucune importance, mais il faut que je suive cette piste, aussi ténue soit-elle. Si j'ai raison, Maria a menti. Pourquoi cacher la vérité, si longtemps après?

Cette nuit, j'ai mal dormi. Mon sommeil était peuplé d'hommes en armes; dans mon rêve, j'étais Maria, blottie derrière la porte, mais je ne voyais rien car il faisait nuit. J'entendais seulement les cris et le silence, alternativement, comme elle me l'avait raconté. Au moment où les phares de la voiture noire se sont arrêtés devant la maison, je me suis réveillée en sursaut. J'ai eu du mal à retrouver le sommeil. Ce matin, en buvant mon café, je me demande ce que je vais faire : ne rien dire de mes doutes ou, encore une fois, aller trouver ma vieille amie et lui en faire part. Mais elle est si fragile.

J'hésite pendant trois jours ; trois jours à réfléchir, à essayer de reconstituer une histoire plausible. J'ai suivi le fil fragile qui s'était présenté à moi. Mais l'histoire qui a pris corps peu à peu est si terrible que je souhaite me tromper, si terrible que je ne me sens pas le droit d'obliger Maria à raconter. Au matin du quatrième jour, je prends le chemin de Puyssolier. Il fait toujours aussi froid et de toutes les cheminées du hameau sort une épaisse fumée.

Lorsque j'arrive à la vieille maison, Denise en sort et me jette un regard noir. Je sais, Denise ; vous avez probablement raison. Je ne devrais pas. J'ai peur. Peur de savoir, bien que je ne sois impliquée en rien, et peur de perdre l'amitié de Maria. Je n'ai pas besoin de frapper ; elle m'a vue à travers le rideau et m'ouvre, étonnée.

— Ce n'est pas dans tes habitudes, de venir si tôt.

Sa voix se veut enjouée, mais j'en perçois l'inquiétude à une fêlure nouvelle.

— Je sais, Maria. Il fallait que je te parle ; cette fois, je te promets, c'est la dernière fois que je t'ennuie avec ça, mais quelque chose me tracasse.

Je vois sa bouche se pincer un peu. Elle sait de quoi je veux parler. Elle me montre une chaise.

— Bon ; je t'ai déjà tout dit. Il n'y a rien d'autre que ce que je t'ai raconté ; et tu sais que ça m'a coûté…

— Je sais, ma Maria. Alors voilà ce que je te propose : je vais te dire ce que je pense qu'il s'est passé et, ensuite, tu me diras si j'ai raison ou tu choisiras de garder le silence. Et je ne t'en parlerai plus jamais. Mais je l'aurai dit.

Elle tire-bouchonne le coin de son tablier dans ses mains. Un long silence passe ; elle ne me propose pas l'habituel café, ne me regarde pas. Soudain, elle se redresse, plante ses yeux dans les miens et dit simplement :

— Je t'écoute. Mais tu te trompes certainement. Je t'ai tout dit.

J'ai un peu de mal à respirer. Je ne peux plus reculer. Je dois dire, je dois faire mal, peut-être. Je me tourne vers elle. Je m'applique à parler doucement, calmement.

— Tu te souviens, Maria, que je t'ai dit que j'avais cherché la tombe du dénonciateur sans la trouver. Elle n'existe pas. L'homme est bien enterré à Saint-Médard, mais pas anonymement. C'est ce que je crois. L'autre jour, en parlant avec M. Johnson, j'ai réalisé que tous les fusillés, si on ne parle pas des maquisards, étaient du village, sauf un : Pierre Lacoste. Tu m'as expliqué qu'il était venu rendre visite à quelqu'un, ce qui est possible. Mais peut-être y a-t-il une autre explication. Tu m'as dit que tu avais vu l'homme montrer aux Allemands le village et que tu ne le connaissais pas. Pourquoi as-tu crié en le voyant ? Moi je crois que tu le connaissais. Les autres n'ont pu que le voir aussi. Comment accepter que quelqu'un que l'on connaît bien puisse faire une monstruosité pareille ? Justement parce que c'est inacceptable, vous avez caché la vérité à tout le monde. Je ne sais pas comment tout cela s'est passé exactement.

Maria a écouté sans rien dire, en hochant la tête par moments. Maintenant elle pleure doucement et j'ai le cœur qui se serre.

— Ne pleure pas, s'il te plaît. Tu n'as rien fait de mal, tu avais douze ans. Les autres non plus d'ailleurs. Ils n'ont pas tué, eux ; ce sont les Allemands.

— C'est le souvenir de ce jour qui me fait pleurer. L'horreur, bien sûr, c'est le massacre, mais c'est aussi qu'il a été organisé par un des nôtres, par quelqu'un, comme tu l'as dit, que nous connaissions et que nous aimions. Quelqu'un qui est devenu fou, fou de douleur, le pauvre. Je vais t'expliquer. Je ne t'ai pas vraiment menti, je t'ai raconté ce que nous, les femmes du village, nous avons raconté ensuite, sans jamais varier, l'histoire que nous avons mise au point dans l'horreur de cette fin de nuit de mars 1944. Lorsque la voiture allemande s'est arrêtée devant chez nous, ils en ont fait descendre le dénonciateur. Il portait une longue gabardine et un chapeau, mais ma mère et moi l'avons tout de suite reconnu. C'était le Pierre. Ma mère a voulu poser sa main sur ma bouche, mais le cri était déjà sorti de ma poitrine. Il a fait se retourner un des soldats, qui a haussé les épaules en me voyant. Maman m'a demandé de ne rien dire. Mais les autres voisines avaient vu aussi. Ensuite, ce que je t'ai dit est vrai : nous avons attendu, entendu les coups de feu ; les Allemands avaient amené Pierre avec eux jusqu'au jardin des Veyssière. Ensuite, ils sont revenus, et, devant la voiture, au lieu de le faire monter, un des hommes l'a abattu. Je l'ai vu. Le village s'est vidé peu à peu ; ça a pris du temps, car ils étaient nombreux. J'ai lu plus tard qu'ils étaient trois cents. On a encore attendu dans le noir. Au petit matin, avant que les hommes de Saint-Médard n'arrivent, on est sortis. Il n'y avait plus que les femmes et deux hommes âgés, dont mon pépé. On est d'abord allés au jardin et on a vu. Nos hommes étaient là, tous tués d'une balle dans la tête. On s'est mis à crier. Des femmes se sont jetées sur le corps de leur mari, de leur fils. Pourtant on savait avant d'arriver. Qu'espérait-on ? Quel miracle ? L'espérance humaine est sans limites. On a décidé de les laisser là, en attendant, puisque c'était un fait de guerre ; on ne savait pas ce qu'on devait faire. Ma mère a pensé à Pierre, là-bas, au milieu de la route. Il avait payé de sa vie. Elle a parlé aux autres. Leur a-t-elle expliqué les raisons qui avaient poussé Pierre ? Je ne le crois pas. Je n'ai pas entendu, mais, très vite, j'ai compris. Je t'ai dit que j'avais beaucoup vieilli, cette nuit-là. Elles ont amené le corps avec les autres et lui ont ôté le chapeau et la gabardine, pour qu'il soit comme les autres. Les vêtements ont été brûlés plus tard. On est tous allés chez Élise Charbonnel, qui avait perdu son petit et on s'est mis d'accord sur la version que nous donnerions.

— Mais pourquoi avoir protégé la mémoire de Pierre ? C'était affreux, ce qu'il avait fait.

— Oui, c'était affreux. Mais maman savait pourquoi tout cela était arrivé et les parents Lacoste étaient de braves gens qui ne méritaient pas ça. C'était pour les protéger, eux. La mère en serait morte.

— Elle a quand même perdu la tête, non ?

— Perdre son enfant de vingt-deux ans, dans ces conditions, est tellement atroce… J'y viens. Tu as tous les morceaux de l'histoire, mais il faut les assembler correctement. Tu as vu beaucoup de choses, Cécile. Personne n'aurait imaginé ça.

— C'est à cause des photos.

— À cause des photos, oui. C'est pour ça qu'elles étaient cachées.

— Je ne comprends plus rien, Maria.

— Je continue… Donc, lorsque le maire est arrivé avec ses adjoints, il a trouvé dix corps dans le jardin, alors que seulement neuf hommes y avaient été tués. Nous avons raconté l'histoire mise au point ensemble et dit que le dénonciateur était reparti avec les Allemands et que nous ne le connaissions pas. Un groupe de résistants de Saint-Médard a décidé de le retrouver et de lui faire payer sa trahison. Ils allaient venir nous interroger, forcément. Nous avons convaincu le maire qu'il fallait nous éviter cette épreuve supplémentaire ; aussi c'est lui, pour apaiser les tensions, qui a décidé de dire que l'homme avait été retrouvé mort et qu'on l'avait enterré anonymement. Le fossoyeur de l'époque était un simple d'esprit et ce n'est pas lui qui serait allé dire que c'était faux. Personne n'a cherché plus loin. Les parents Lacoste n'ont jamais rien su, les pauvres. On a vécu avec ça jusqu'à aujourd'hui. Tu es la seule à savoir, avec ceux du village. C'était notre secret.

— Je ne comprends pas pourquoi il a fait ça, à des gens qu'il connaissait, en plus. Moi, je pense que vous avez été bien bonnes avec lui. Il ne méritait pas ce que vous avez fait. C'était un monstre, voilà tout.

— Je comprends que tu dises cela. Mais je t'ai dit qu'il était devenu fou. D'ailleurs, quand il est arrivé avec les Allemands, on a eu du mal à le reconnaître. Ce n'était plus le gentil Pierre, c'était une sorte de robot avec des yeux qu'on ne lui connaissait pas. C'est comme ça qu'on a su qu'il avait perdu la tête. Il nous a vues, maman et moi, derrière les carreaux, je le jurerais. Mais son regard est passé sur nous comme si nous étions des étrangères. Maman savait pourquoi. Moi, j'étais trop jeune, je n'avais pas compris.

— Qu'est-ce qu'elle savait ?

— Elle seule était au courant, au départ. Elle n'a rien dit à personne, sauf à la mère d'Adrien, et à moi, beaucoup plus tard, un jour où je disais aussi que Pierre était un monstre. Alors elle m'a expliqué. Je t'ai dit que Berthe était de Saint-Pancrace. Ce n'est pas loin et dans les frairies on faisait la connaissance de jeunes d'autres communes. Berthe et Pierre ont dansé ensemble à celle de Saint-Médard, à la fin du mois d'août. L'un et l'autre ont tout fait pour se revoir. Ils se plaisaient, c'était évident. Ils étaient beaux, tous les deux, et leur bonheur faisait plaisir à voir. Pierre a donc demandé la main de Berthe à ses parents. Mais les vieux étaient près de leurs sous. Les Lacoste n'étaient pas riches, et Pierre n'aurait jamais pensé qu'il serait refusé pour ça. Eh bien si ! Ils n'ont pas voulu de ce mariage parce qu'ils avaient en tête un autre gendre : Vidal. Les parents Vidal avaient, comme on dit chez nous, du bien. La pauvre Berthe a eu beau pleurer toutes les larmes de son corps, rien n'y a fait : elle s'est retrouvée fiancée à Vidal. Des parents peuvent empêcher un mariage, mais pas l'amour, et ils ont continué à se voir en cachette, bien sûr. Un jour, la Berthe s'est rendu compte qu'elle était enceinte. Ils se sont dit qu'ils étaient sauvés, qu'on ne pourrait pas les empêcher de se marier. Berthe l'a dit à son fiancé, pensant qu'il ne voudrait plus d'elle. C'est le contraire qui s'est produit. Il détestait Pierre, tu penses bien. Il savait qu'il avait demandé Berthe avant lui. Alors, il a trouvé que ce serait une belle vengeance de le priver de son petit, de l'élever à sa place. Il le verrait grandir dans une autre famille et il ne pourrait même pas l'embrasser. En plus, s'il n'épousait pas Berthe, adieu les terres de ses parents… Ceux-ci ont été mis au courant aussi, bien sûr. Il n'était pas question de revenir sur la parole donnée : elle épouserait Vidal et le plus vite possible. Pierre était fou de chagrin. Je pense qu'ils ont continué à se voir, avec Berthe. C'est pour ça que sur la photo du mariage, la mariée ne sourit pas.

— Mais elle aurait pu refuser, non ?

— D'abord, elle n'était pas majeure, elle devait donc se soumettre à l'autorité de ses parents. La majorité, à l'époque, c'était vingt et un ans. Il y avait encore des mariages arrangés, et il n'était pas question de se défiler. C'était une autre époque. Maintenant, ça ne pourrait plus se passer et tant mieux. Quand elle est venue habiter à Puyssolier, Berthe n'avait pas d'amie. Elle n'était pas autorisée à aller discuter chez les voisines, non, mais il y avait le lavoir, où les hommes ne mettaient jamais les pieds. Depuis le mariage, la belle-mère n'y allait plus, au lavoir. Elle avait trouvé une domestique. Ah ! Ils le lui ont fait payer, son amour pour Pierre ! Donc, au lavoir, la pauvre se confiait, surtout à ma mère qui l'avait prise en amitié. C'est comme ça qu'elle a su que le petit était celui de Pierre et aussi d'autres choses plus terribles.

— Elle était battue ?

— Non, ça non. Ils ne sont jamais allés jusque là. Mais elle a dit, un jour, que Pierre devenait fou. Il avait un projet monstrueux. Depuis que les Allemands avaient passé la ligne de démarcation, ils recherchaient activement les résistants dans chaque village et il le savait. Il avait projeté de dire que Vidal était un maquisard ; celui-ci serait probablement arrêté et lui pourrait voir naître son enfant, le voir grandir. Elle avait essayé de le raisonner, mais rien n'y faisait. Elle avait réussi à lui faire passer un mot où elle le suppliait encore une fois de ne rien tenter, de renoncer à son projet. Elle en avait parlé à ma mère et lui avait demandé son avis. Ma mère ne croyait pas du tout qu'il soit capable de mettre son plan à exécution. Il était gentil, Pierre.

— Ce n'était pas un mot. C'était au dos d'une photo d'elle.

— Comment sais-tu ça ?

— C'est la photo dont je t'ai parlé, celle qui était dans la boîte. Il y a quelque chose écrit au dos ; c'est certainement ça.

Je sors la photo de ma poche et la lui tends.

— Je comptais te la montrer.

Elle la prend et la regarde longuement.

— Pauvre petite… Pierre a fait ce qu'il avait dit. Il était fou de jalousie et d'amour pour Berthe et le petit qu'elle portait. Mais il ne pensait pas que les choses tourneraient ainsi. À cette époque, les Allemands étaient furieux, car il ne se passait pas un jour sans qu'un convoi ne saute. La trop célèbre division Brehmer avait été appelée pour tuer et c'est ce qu'elle faisait. Pierre n'avait pas prévu que tous les hommes seraient accusés de sabotage et ne seraient pas arrêtés, mais exécutés sur place. Il n'avait pas prévu non plus que lui-même serait abattu. Il a donc fallu avertir les Lacoste que Pierre était mort. La mère savait de qui était l'enfant de Berthe. Alors, dans un geste fou, elle a caché les photos de son fils, car elle avait peur que le petit ne lui ressemble. Elle pensait qu'à la longue on oublierait le visage de Pierre et qu'on ne ferait pas le lien entre les deux. Elle ne les a pas détruites, car c'était au-dessus de ses forces. Elle le faisait pour les beaux-parents de Berthe, pour qu'ils aient un petit-fils, et pour Berthe, qu'on n'aurait pas manqué de maltraiter. Elle n'avait pas tort, puisque tout le monde pense que Moïse est un Vidal ; les seules à savoir, c'était la mère d'Adrien, ta mère et moi. À Saint-Médard, personne ne sait. Le secret qui lie les gens de Puyssolier depuis 1944, c'est la trahison de Pierre. Pas le fait qu'il est le père de Moïse. Même Guy Lacoste ne connaissait pas les traits du visage de son oncle. Malheureusement, les vieux Vidal, une fois leur fils mort, ne se sont pas intéressés à l'enfant. Je sais que Mme Lacoste s'était liée avec la mère Vidal pour pouvoir venir le voir. Moïse, d'ailleurs, l'appelait Mémé Lacoste. Elle aura eu au moins ce bonheur-là.

— Donc, ma mère était au courant de cette histoire ?

— Oui, répondit-elle en baissant la voix. J'avais promis de ne rien dire à personne, mais c'était trop difficile pour une gamine. Alors je l'ai raconté à ta mère, qui était mon amie. Elle avait promis aussi.

— Et elle n'a rien dit ! Elle m'a parlé d'un secret que vous partagiez, mais sans plus. Je comprends maintenant pourquoi elle m'a dit que Pierre était méchant. Ce sont certainement les mots que vous aviez employés à douze ans. Elle a gardé le secret, même malade, alors que, parfois, elle ne sait plus ce qu'elle raconte. Son esprit savait qu'il ne fallait pas en parler. Donc, Moïse ne sait pas qui est son véritable père...

Un frôlement nous fait sursauter. La porte s'est ouverte doucement et Moïse vient d'entrer. Il la referme tout aussi doucement et s'avance à pas presque feutrés, tel que nous avons coutume de le voir, si discret, avare de gestes et de paroles. Il prend une chaise sans rien demander, s'installe près de nous. Il ne dit rien pendant un long moment. Nous échangeons un bref regard avec Maria. Que veut-il ? Pourquoi est-il ici ? Il n'est pas dans ses habitudes de s'inviter ainsi chez les gens. Le silence est pesant. Il semble réfléchir à ce qu'il va dire, puis il nous regarde l'une et l'autre.

— Tu lui as raconté, n'est-ce pas ? demande-t-il à Maria.

— Elle savait déjà, Moïse. Pour le massacre, elle savait.

— Mais le reste, tu le lui as dit ?

— De quoi parles-tu ?

Je sens Maria déroutée. Moïse reprend.

— Je sais tout depuis longtemps. Je veux dire, je sais qui est mon père.

Il se tait ; il attend peut-être notre réaction, qui ne vient pas. Je n'ose pas croiser son regard, moi qui me suis approprié son histoire, qui ai fouillé dans la vie de ses parents sans aucun droit, moi, l'étrangère au village. Il parle à nouveau, sans animosité.

— Je vous ai vue entrer chez Maria bien plus tôt que d'habitude, ce matin. Je suis sorti de la grange et je suis passé devant la maison au moment où vous disiez : « Je vais te dire ce que je pense qu'il s'est passé. » Vous savez, ici, les portes sont vieilles et vous étiez assises juste derrière…

Je pense à Denise, que j'ai surprise aussi en train d'écouter derrière la porte… Décidément… Moïse continue, comme s'il avait lu dans mes pensées.

— Je n'ai pas écouté. Ce n'était pas la peine ; je savais ce que vous aviez découvert. Adrien m'avait parlé des photos.

— Adrien ?

— Oui, ne lui en voulez pas. Quand vous êtes arrivée à Pierrebrune, au début de l'été, j'ai voulu savoir qui allait habiter la maison de mon père. Car j'ai toujours su qui était mon père. Ma mère ne m'a rien caché. Dès que j'ai eu l'âge de comprendre, elle m'a expliqué, pour que je ne juge pas. Pour que je comprenne qu'on pouvait devenir fou d'aimer quelqu'un, pour que je comprenne pourquoi je ne ressemblais pas à un Vidal. C'est vrai que l'homme dont la photo était sur le buffet et que les grands-parents vénéraient m'était étranger. Quand j'étais petit, la grand-mère me disait : « C'est ton père. Il est mort en héros, pour la France, avec les autres de Puyssolier. » Ma mère ne disait jamais rien de lui. Quand j'ai eu dix ans, elle a commencé à me raconter, petit à petit. Oh ! Pas tout d'un coup, non. Que mon papa était mort avec les autres à Puyssolier, mais que ce n'était pas celui de la photo. Et puis le reste. Elle avait peur qu'un jour quelqu'un parle et que j'apprenne brutalement la vérité. Ça n'aurait pu être qu'une femme du village. Maria savait. Mais qui d'autre ? Au lavoir, la proximité empêchait la confidentialité, et les secrets, même échangés à voix basse, pouvaient être entendus des autres. Quoi qu'il en soit, personne n'a parlé. Toutes celles qui savaient ont gardé pour elles l'histoire de ma naissance.

— Nous n'étions que trois, Moïse : Fernande, Marie, la mère d'Adrien, et moi. Si d'autres se sont doutées de quelque chose, personne n'a rien dit.

— Je savais pour toi et pour Mme Peyrac, mais pas pour Mme Ravel.

Il s'adresse à moi à nouveau :

— La première fois, je vous ai vue par hasard ; vous étiez assise au soleil, près de la maison. Vous n'aviez pas le genre de celles de la ville et ça m'a étonné. Plus tard, j'ai appris votre intention d'acheter la maison en discutant avec la secrétaire de mairie. Je n'ai pas été mécontent. Bien sûr, je n'ai aucun droit sur cette maison. J'y suis allé en cachette avec maman, quand j'étais petit. On allait voir Pépé et Mémé Lacoste. Ils me donnaient la tendresse que pépé et mémé Vidal me refusaient. Je m'arrangeais pour passer par le chemin et je voyais les transformations de la maison. J'aimais bien ce que vous faisiez, parce que vous ne modifiiez pas tout. J'étais rassuré. Un jour, j'ai vu Maria sortir de chez elle ; elle prenait garde de ne pas être vue. Je savais que vous vous intéressiez au massacre de Puyssolier et j'avais peur qu'elle ne parle ; je l'ai suivie jusqu'à votre maison ; j'ai écouté derrière la fenêtre, ça ne risquait rien : il n'y a pas de voisins et j'aurais vu à temps quelqu'un remonter le chemin. Elle a raconté l'histoire mise au point au petit matin du 11 mars.

— C'est pour cela que je vous ai vu, ce jour-là dans le chemin.

— Oui, vous êtes sorties avant que j'aie pu m'éloigner. J'aurais dû être soulagé par ce que j'avais entendu, mais je me suis rendu compte que non. Finalement, j'aurais préféré qu'elle dise la vérité, que quelqu'un sache enfin. Je ne suis pas un Vidal, mais un Lacoste, et mon père n'est pas mort en martyr. À mon âge, je crois qu'on peut le dire. Maman est morte, les grands-parents Vidal et Lacoste aussi, ça ne ferait de tort à personne. Je suis allé chez mes grands-parents jusqu'à leur mort. Mémé Lacoste est morte quand j'avais douze ans ; le plus souvent, elle m'appelait Pierre. Je savais pourquoi. J'ai connu mon grand-père un peu plus longtemps. Lorsque j'allais chez eux, il y avait André, le frère de Pierre, qui a repris la ferme. Jamais il n'a su qu'il était mon oncle. Il était de neuf ans mon aîné, et il ne voyait en moi qu'un gamin qui s'ennuyait à Puyssolier. Il était gentil, André. Physiquement, il ne ressemblait pas à mon père, donc pas à moi, et il n'a jamais eu de soupçon.

Je ne savais plus quoi penser. Jamais je n'avais entendu Moïse parler autant. Pauvre Moïse, qui avait vécu avec ce lourd secret d'un père aimant mais assassin, malgré lui certes, responsable de la mort des hommes du village. Je pose ma main sur la sienne et la serre un peu. Je lui demande pardon. Il dit qu'il n'y a pas à pardonner, que j'ai trouvé la vérité et que je n'ai pas fait de mal, au contraire, puisque j'ai sauvé de la ruine la maison de Pierrebrune. Soudain une pensée me traverse l'esprit.

— Si Adrien est allé vous dire pour les photos, c'est qu'il était au courant, lui aussi ?

— Oui, sa mère lui avait raconté, mais il avait promis, comme les autres.

— Ainsi, il m'a regardée chercher, supposer, depuis le début…

— Il n'en était pas fier, le pauvre. Il était tiraillé entre son amitié pour vous et le secret qu'il devait garder.

— Mais, comme vous le disiez tout à l'heure, pourquoi garder ce secret encore aujourd'hui, puisque ceux qui auraient pu en pâtir sont morts ?

— C'est de ma faute. Je n'ai rien dit, et, tant que je ne disais rien, ceux qui savaient encore, Maria et Adrien, ne se sentaient pas le droit de parler.

— Et Guy Lacoste, il sait que vous êtes cousins ?

— Non, je ne pense pas ; mais je compte bien le lui dire. Je ne sais pas comment il va le prendre. C'est dur pour moi de savoir ce qu'a fait mon père, même si j'en comprends les raisons, sans pour autant les excuser. Quel gâchis ! Et tout ça à cause de gens qui n'avaient que l'argent comme but. Après le drame, ma mère n'a plus voulu revoir ses parents. Ce sont eux, les véritables fautifs. Vivre avec ça, vous ne pouvez pas imaginer…

Moïse se tait ; il secoue la tête doucement. Une larme coule le long de son nez, suivie d'une autre, et c'est un torrent de larmes contenues jusqu'à maintenant qui s'écoule sur ses mains jointes. Maria lui pose une main sur l'épaule et lui tend un grand mouchoir à carreaux. Je sais maintenant qu'il n'avait pas de fiancée cachée. Je ne sais quoi dire… Il finit par sécher ses yeux et me regarde, un tout petit sourire sur les lèvres.

— Je suis content que ce soit vous qui ayez la maison. Vous en prenez soin.

— C'est curieux comme elle m'a attirée tout de suite. Je devais sentir qu'elle avait une histoire. Vous pourrez venir aussi souvent qu'il vous plaira, Moïse. Après tout, c'est celle de vos grands-parents.

Il ne dit rien, mais son regard me remercie. Au bout d'un moment, il se lève, et, brusquement, me serre dans ses bras. Lorsqu'il me lâche, il soupire :

— Enfin ! Je suis soulagé d'un grand poids.

Comme chaque semaine, le lendemain, je suis allée voir ma mère. J'ai amené une photo de Maria que j'avais prise la veille. Elle posait, les mains sur les genoux, assise devant sa cheminée. Elle était heureuse de faire ça pour son amie. Mais maman n'a pas voulu croire qu'il s'agissait de Maria. Alors, j'ai sorti de mon sac un portrait d'elle lorsqu'elle avait une quinzaine d'années, coque de cheveux et sac en bandoulière, et elle a souri. Elle l'a reconnue. Pour elle, Maria est pour toujours cette adolescente avec qui elle a partagé un lourd secret. Elle a placé la photo sur sa table de nuit. Elle ne sera plus seule.

Nous sommes plus nombreux que prévu, ce soir. Onze convives ont pris place autour de la grande table de la mémé Lacoste. Nous sommes au travail depuis ce matin, avec Camille. Je veux que ce dernier dîner de l'année soit réussi. Nous avons découvert en nous levant que le brouillard givrant avait blanchi chaque arbre et chaque buisson jusqu'à la moindre brindille. « De la dentelle d'arbres », a dit mon amie. Nous avons préparé un petit cadeau à mettre dans l'assiette de nos invités, des bricoles rapportées du marché. Dans l'après-midi, le temps s'est un peu radouci et le givre a disparu, mais le ciel roule de gros nuages sombres. On sera bien, ce soir, au chaud.

Quelques jours après ma discussion avec Maria et Moïse, Adrien est venu à la maison, tout penaud. Il s'est excusé de m'avoir laissée croire qu'il ne savait rien. Je lui ai pardonné ; j'avais bien compris les raisons de son silence : il ne se sentait pas le droit de dire. Je pense que, tout compte fait, j'aurais été déçue qu'il parle. Il m'a dit avoir appelé Camille ; elle avait l'air content, même s'il n'a pas avoué ce qu'il ressent pour elle. Je sais bien que les moments comme celui-ci, où nous bavardons tous les deux, se feront rares et qu'il ne fera plus de tarte à la framboise uniquement pour moi. Et pourtant je suis heureuse pour eux ! Bientôt, ils seront deux, je le pressens, à traverser le ruisseau, deux à agiter le bras en remontant le chemin et deux dans la jolie petite maison de Puyssolier. Allons ! Il va se passer encore un peu de temps avant que cela n'arrive !

Moïse est passé devant la maison plusieurs fois, selon son habitude, mais maintenant il s'arrête pour me dire bonjour. La première fois, je ne l'ai pas entendu arriver. J'étais sortie dans la cour accrocher des boules de graisse aux arbres pour les oiseaux. Je ne sais pas comment il arrive à se déplacer sans faire aucun bruit ; aucune branche n'a craqué sous ses pieds, cette fois, et je me suis retournée en voyant une ombre s'allonger devant moi. J'ai poussé un petit cri, ce qui l'a ennuyé, visiblement.

— N'ayez pas peur, ce n'est que moi. Vous m'avez dit que je pouvais venir, alors me voilà ! Mais si vous ne voulez plus, ce n'est pas grave.

— Bien sûr, Moïse, que je veux toujours ! Vous m'avez surprise, c'est tout !

Il rougit un peu.

— Vous savez, avec les dames, je ne sais pas bien faire. Je n'ai pas l'habitude…

— Tout d'abord, je ne suis pas une dame, je suis Cécile ! Et j'aimerais que vous en preniez note…

— Bien. Cécile, alors… je vous ai apporté quelque chose… Cécile.

— Quelque chose pour moi ? Mais pourquoi ?

— Parce que c'est grâce à vous que cette histoire est finie. Pourtant, je vous ai maudite, au début, de vouloir mettre votre nez partout.

Je n'avais pas remarqué jusque-là le sac en plastique, portant le nom d'un supermarché, qu'il tenait à la main. Il en avait tellement trituré la poignée qu'elle était près de casser.

— Ce n'est pas un beau cadeau, vous verrez, mais c'est moi qui l'ai fait.

Il m'a tendu le paquet d'un air embarrassé. Je l'ai pris, mais je ne l'ai pas ouvert tout de suite.

— Je suis très touchée, Moïse. Venez, nous allons regarder ça à l'intérieur. Il commence à faire froid et un café nous fera du bien.

Il m'a suivie dans la maison, s'est arrêté une fois la porte franchie, promenant son regard tout autour de la pièce. Il a vu la table et la pendule.

— Vous avez gardé la table et la pendule de Mémé Lacoste. C'est bien. Elle serait contente.

Nous nous sommes assis pendant que le café coulait dans les tasses et j'ai déballé mon cadeau sous l'œil très inquiet de mon invité. C'était une magnifique petite corbeille d'osier tressé. Il avait fallu une patience d'ange pour faire un travail aussi délicat. La patience de Moïse. Je lui ai dit mon admiration et combien j'aimais cet objet. Il m'a expliqué que c'était Pépé Lacoste qui lui avait appris à travailler l'osier qui poussait près du ruisseau.

— Je n'ai même pas une photo d'eux…

Je lui ai dit que j'aurais aimé lui en donner une de son père, mais que j'avais promis à Guy Lacoste de lui restituer la totalité de la boîte. Il m'a avoué alors qu'il en possédait deux, cachées par sa mère. Elle les lui avait données le jour où elle lui avait raconté l'histoire en détail, mais il n'avait pas de photo de ses grands-parents. Sa seule inquiétude, dorénavant, était de savoir si Guy Lacoste était prêt à accepter la trahison de son oncle et qu'il fasse partie, lui, Moïse, de leur famille. Il devait venir pour les congés de Noël, chez ses amis de Saint-Médard, et Moïse lui en parlerait à ce moment-là. Lorsqu'il s'est levé pour partir, je lui ai demandé d'attendre quelques instants. J'avais moi aussi un cadeau pour lui. Je suis revenue peu après et lui ai tendu le petit tracteur rouge. Il l'a regardé, incrédule, puis l'a pris, a remarqué l'essieu où manquaient les roues. J'ai vu sa lèvre inférieure trembler. Il a seulement dit :

— J'avais essayé de les remettre, mais elles n'ont pas tenu. Mémé me l'avait acheté pour mes six ans. Je jouais avec quand je venais ici.

Il est parti en serrant le jouet contre lui. Tout ce qu'il lui restait de ses grands-parents.

J'avais aussi appelé Guy Lacoste avec l'accord de Moïse et de Maria. Je lui avais simplement dit que nous avions découvert des renseignements sur sa famille et que, s'il voulait bien venir partager avec nous le dîner du Nouvel An, nous lui en ferions part. J'étais tout émue en disant « nous », car je faisais maintenant partie de Saint-Médard, j'avais été acceptée, sauf peut-être par Jeantou et Denise, mais je ne m'avouais pas vaincue de ce côté-là.

Il est arrivé avec sa femme quelques jours avant la Saint-Sylvestre. Nous avons organisé une rencontre avec Maria, qui, en qualité de doyenne et de témoin, raconterait. Moïse m'a dit avoir attendu avec angoisse la fin du récit. Il comprenait bien qu'il était difficile d'apprendre, pour Guy, le rôle qu'avait joué son oncle. Il était maintenant tout ce qui restait de sa famille. Maria lui a dit qu'il ne devait pas se sentir coupable, et que le passé était le passé. Il est resté un bon moment sans rien dire, blême. Puis il a regardé Moïse et il a simplement dit :

— Ainsi, tu es mon cousin, et mon oncle est un assassin…

— Tu es désormais ma seule famille, Guy. Accepte-le, s'il te plaît.

Mais il s'est levé, a enfilé sa veste et il est sorti sans un mot de plus.

Moïse est venu à la maison deux jours plus tard pour me raconter. Il n'était pas rasé et avait une vieille veste sale, celle qu'il garde pour travailler. Je ne l'avais jamais vu la porter ailleurs que dans le jardin et j'ai senti qu'il n'allait pas bien.

— Vous comprenez, s'il n'accepte pas la vérité, je n'ai plus de famille ; plus personne. Avant non plus, je n'en avais pas, mais là, j'avais un espoir. Quand je parlais de mon père, je savais que ce n'était pas mon père. Quand je parlais de mes grands-parents, ce n'était pas mes grands-parents. Si Guy avait accepté, j'aurais pu dire « mon cousin », sans mentir, cette fois.

— Est-il reparti ?

— Non ; il est toujours chez ses amis Delage, à Saint-Médard. Voilà deux jours que je guette des pas ou une voiture sur la route. Il en est passé, des voitures, mais aucune ne s'est arrêtée. Est-ce qu'il vous a dit s'il viendrait dîner, le soir de la Saint-Sylvestre ?

— Non, Moïse ; je suis comme vous, sans aucune nouvelle.

Lorsqu'il est reparti, la nuit était tombée. J'ai regardé danser le faisceau de sa lampe de poche sur les pierres du chemin, jusqu'à ce qu'il ait rejoint sa bicyclette appuyée sur le mur de la dernière maison de Pierrebrune. Je suis rentrée chez moi, accablée de remords. Tout cela était de ma faute, bien sûr. Jeantou avait certainement raison : on ne doit pas remuer le passé.

Camille est arrivée à la fin du mois de décembre, chargée de cadeaux pour les uns et les autres. Elle espérait, sans l'avouer, être un jour une habitante de Puyssolier et voulait faire bonne impression. Je lui ai demandé si Adrien l'avait appelée. Oui, il l'avait fait, mais il était resté vague : venait-elle en décembre ? Pleuvait-il à Bordeaux ? Ici, il faisait bien froid déjà... Adrien et sa timidité ! J'ai raconté qu'il la trouvait « bien gentille », ce qui, pour lui, signifiait beaucoup plus. Je lui ai suggéré d'aller lui rendre visite : elle verrait bien. Je lui ai expliqué tout ce qui s'était passé, bien sûr. Elle a eu le même mot que Moïse : « Quel gâchis ! »

Elle s'est aussi inquiétée de mon air malheureux et je lui ai dit que je ne savais pas si tous viendraient à mon invitation. Pour Guy et sa femme, je me doutais qu'il n'en serait pas question.

Le temps est devenu froid et gris, ajoutant à notre tristesse. D'habitude, j'attendais la neige avec une impatience enfantine ; là, je redoutais son silence. Mais elle n'est pas venue. Le froid s'est intensifié avec la bise soufflant du nord. Nous avons fait quelques courses, décoré un peu la maison, mais l'excitation de la fête n'était pas au rendez-vous. Le lendemain matin, alors que nous déjeunions en écoutant la météo, on a frappé à la porte. Moïse est entré tout de suite au chaud. Son changement m'a frappée. Il souriait, avait laissé la vieille veste de travail au portemanteau et s'était rasé. Camille s'est levée et a tendu une tasse de café à notre visiteur. Nous nous sommes assis ; il a bu une gorgée et a reposé sa tasse. Personne n'avait encore parlé. C'est lui qui a commencé.

— Il est venu.

— Qui, Moïse ?

— Guy. Il est venu hier soir, avec sa femme. Il faisait nuit quand ils ont frappé. Je me demandais qui venait à cette heure-ci. Je les ai fait asseoir ; j'étais inquiet, mais aussi plein d'espoir. C'est sa femme, Monique, qui a parlé. Guy avait été très perturbé par ce qu'il avait appris, mais il a fini par accepter, et c'est en cousins qu'ils étaient là. « En cousins », c'est ce que Guy a dit. Nous avons discuté très tard ; nous nous sommes découverts, un peu. Nous avons des points communs. Nous aimons les fleurs et le dessin tous les deux. Ça nous a fait rire !

— Le dessin ? Vous dessinez, Moïse ?

— Oui, dit-il en baissant la tête. Mais personne ne le savait jusqu'à aujourd'hui…

— Et que dessinez-vous ?

— Ce que je vois, tout ce qui veut bien se laisser dessiner. La campagne, mes vaches… J'ai même fait un portrait de Maria, mais elle ne le sait pas !

Soudain, j'ai pensé au dessin du puits trouvé dans la grange. J'ai ouvert le tiroir et en ai extrait l'enveloppe. Je la lui ai tendue. Il m'a interrogée des yeux ; je lui ai seulement fait signe de la prendre. J'étais trop émue pour parler. Lorsqu'il a sorti et déplié la feuille, sa bouche s'est entrouverte de surprise et d'émotion. C'est finalement un sourire triste qui s'est dessiné sur son visage.

— Je l'avais fait pour Mémé. Elle l'avait donc gardé.

Moïse ne voulait pas montrer ses dessins de maintenant ; il disait qu'il les faisait pour lui, pour se faire plaisir. Je n'ai pas insisté.

Ce soir, je suis heureuse. Tout le monde est là ; finalement, ils ont répondu à mon invitation avec plaisir. Je vois la main d'Adrien frôler celle de Camille. Je ne sais pas ce qu'ils se sont dit lorsqu'elle est allée à Puyssolier, mais elle est revenue avec des étoiles plein les yeux. Elle a attendu tout ce temps pour trouver celui avec qui elle voulait vivre, mais ça en valait la peine. Je suis heureuse aussi pour Adrien ; il méritait une Camille. Guy et sa femme, que je ne connaissais pas, sont là aussi. Je lui ai remis les photos avant le repas et il a été étonné devant ce visage inconnu, qui ne ressemblait en rien à André, son père. Il lui faudrait encore un peu de temps pour s'habituer à sa nouvelle parenté avec Moïse, mais cela semble en bonne voie. Ce soir, ils discutent ensemble dans cette maison qui est aussi un peu la leur. Ils l'ont connue bien avant moi, ils y ont des souvenirs d'enfance que je n'aurai jamais. Je les entends parler de Mémé Lacoste, étonnés encore d'avoir une aïeule commune. Je sais que je peux compter sur l'amitié de Moïse, qui vient régulièrement prendre un café. « Ça fait jaser », m'a dit Maria en pouffant, l'autre jour. La femme de Guy est aussi originaire d'ici. C'est une petite femme discrète, mais qu'on sent pleine de bonté. Ils ne sont partis dans la région parisienne qu'une fois mariés. Elle se tenait un peu à l'écart de toutes ces histoires qui ne la concernaient pas vraiment jusqu'à ce qu'elle réussisse à convaincre Guy d'accepter le passé; elle seule pouvait obtenir cela. Au bout de la table, Lise et son mari discutent avec Bernard et Catherine chez qui ils vont dormir. Ils ont l'air de bien s'entendre et rient de je ne sais quoi. Une amitié est en train de naître. On déjeunera ensemble chez eux, demain. Il y a quelques minutes, à minuit, nous nous sommes embrassés et nous avons formulé des vœux pour l'année nouvelle. Je sais bien qu'ils ne l'ont pas tous été à voix haute, mais on pouvait les lire dans les yeux. Maria a demandé qu'on la ramène sitôt le dessert terminé et les vœux prononcés. Je l'ai reconduite jusque chez elle. Elle m'a dit qu'il y avait longtemps qu'elle n'avait pas été aussi heureuse. On ne pouvait me faire de plus beau cadeau. Tout à l'heure, Moïse est venu m'aider à essuyer de la vaisselle. Il m'a dit, en me tendant une assiette:

— Tu sais, mes dessins, je ne les montrerai qu'à toi.

Puis, se rendant compte qu'il venait de me tutoyer, il est devenu très rouge et m'a demandé pardon.

— Et si moi aussi je te disais « tu », Moïse, qu'en dirais-tu?

— Je dirais que c'est vraiment bien comme ça!

Les autres se sont retournés en nous entendant rire et ont voulu savoir. J'ai dit que ça ne les regardait pas.

Au centre de la table, la corbeille de Moïse est pleine de clémentines odorantes. Je regarde mes invités discuter, rire, se chamailler un peu. Ils sont bien, comme je suis bien dans cette maison, où, je le sais, je veux passer le plus d'hivers possible. Cela ne me fait pas peur.

Lise se lève, va poser une pile d'assiettes dans l'évier, regarde par la fenêtre où quelque chose a attiré son attention. Elle se dirige vers la porte et l'entrouvre. Elle se tourne vers nous avec un sourire.

— Il neige, murmure-t-elle.

La nouvelle année est arrivée dans un froid mordant. La neige tient au sol depuis plusieurs jours. Le ruisseau coule par endroits sous une carapace transparente dans laquelle des bulles d'air sont emprisonnées. Le chemin pour y accéder est gelé et on ne s'y aventure qu'avec d'infinies précautions. Je suis obligée de m'emmitoufler pour aller chercher du bois dans la grange. Heureusement, le tas n'a pas beaucoup diminué, je peux encore prévoir de nombreuses soirées près de la cheminée.

Camille est repartie depuis quelques jours déjà et elle me manque. J'ai passé le Jour de l'an chez Catherine et Bernard, avec les Bordelais et Adrien, comme convenu. Moïse avait invité ses nouveaux cousins et Maria était chez sa fille. Il m'a fallu deux jours pour remettre la maison en ordre, laver le linge et faire le ménage. Je ne suis pas revenue à Puyssolier. J'irai demain, si le temps se radoucit un peu. Aujourd'hui, je n'ai guère envie de sortir. Je me prépare un thé brûlant que je vais boire devant la cheminée, un livre sur les genoux. J'ai lu deux pages et bu une moitié de tasse lorsque j'entends des voix dans le chemin. Qui peut être assez fou pour mettre le nez dehors par un froid pareil ? Les voix sont maintenant derrière ma porte. Je pose tasse et livre et me lève au moment où on frappe. La porte à peine ouverte laisse passer Moïse et Guy Lacoste. Ils se précipitent au chaud et tendent leurs mains vers le foyer avant même de dire bonjour. Moïse ôte enfin son écharpe et m'embrasse. Guy me serre la main et m'explique leur visite.

— On est venus à pied; on ne pensait pas qu'il faisait si froid... Voilà. J'ai une faveur à vous demander. J'ai vu comment vous avez transformé la pièce principale de la maison et c'est très réussi. Je me demandais si vous accepteriez de me montrer les autres pièces. Oh! bien sûr, c'est par pure curiosité, mais vous avez donné une seconde vie à cette petite ferme et j'aimerais bien voir le reste.

Il dit cela sans me regarder. Gêné sans doute, il jette juste un rapide coup d'œil de temps à autre pour voir ma réaction. Je n'ai aucune raison de lui refuser ce qu'il demande et je le lui dis. J'ouvre donc la porte vers le petit couloir. Il observe longuement mes transformations sans faire de commentaires. Je sais que la chambre sur l'arrière était la sienne. Il s'y attarde d'ailleurs, remarque les poutres nettoyées et les murs blanchis. La salle de bains modernisée le surprend visiblement: elle est claire et fonctionnelle. Nous retrouvons Moïse assis devant le feu. Mon thé de tout à l'heure est froid maintenant. Je propose un café bien chaud que les deux hommes acceptent avec joie. J'interroge Guy Lacoste.

— Alors? Que pensez-vous de ce que j'ai fait?

— C'est bien mieux que ce que j'imaginais... Et je pense que je ne vous ai pas vendu la maison assez cher!

Moïse relève la tête et s'apprête à protester. Mais il est aussitôt arrêté.

— Je plaisante, bien sûr! C'est vous qui lui avez donné de la valeur.

Nous sourions, mais, malgré tout, sa remarque indélicate a jeté un léger froid. Je me raisonne; ce n'était qu'une plaisanterie...

Le soir, je téléphone à Catherine qui a repris le travail. Nous convenons de nous voir samedi, dans deux jours. J'irai chez elle en début d'après-midi ; cette perspective me donne un peu de gaieté. J'ai besoin de soleil et d'amitié.

La fin de semaine est un peu plus clémente : le ciel est moins bas et, si la neige n'a pas réussi à fondre, la température de l'après-midi est un peu plus douce. Moïse est revenu, seul cette fois ; il m'apportait un de ses poulets qu'il avait plumé et préparé. Il m'inquiète un peu. Au détour d'une conversation, il a glissé qu'il en avait assez de la solitude et il a réussi à poser sa main sur la mienne, que j'ai aussitôt retirée. Non, Moïse. Je ne veux pas. Je ne peux pas. S'il insiste, je serai obligée de lui dire les choses clairement ; pourtant, je n'ai aucune envie de lui faire du mal. Il est certainement un des rares hommes à qui je pourrais donner ma confiance, mais je ne ressens rien d'autre pour lui qu'une franche et solide amitié. Lorsqu'il est parti, son baiser ne s'est pas attardé sur ma joue. Je ne l'ai pas revu.

J'espère que ma voiture va pouvoir grimper la petite côte jusqu'à la route, j'ai vraiment envie de voir Catherine. Le sol de la cour sonne clair sous mes pas ; le vent et le gel ont cassé des branches qu'il faudra ramasser. Une mésange bleue, la tête en bas, se régale de la boule de graisse de ce matin. Une autre arrive, la chasse, prend sa place, à son tour remplacée rapidement par une troisième. Au loin, je ne vois plus les collines, ni la ferme des Favard, noyées dans le brouillard. J'ouvre la grange, qui abrite ma voiture depuis mon grand ménage de l'été. J'ai l'intention de faire quelques courses également, dans le petit magasin de Saint-Médard. J'ai encore des provisions, mais si le mauvais temps continue, mieux vaut prévoir. Je tourne la clé de contact. Rien ne se passe. Pas un son. À la deuxième tentative, je dois me rendre à l'évidence : la batterie, pas si vieille pourtant, ne fonctionne plus. Je n'ai même pas la force de me mettre en colère. Je reçois ce coup du sort comme un mauvais présage. Je me ressaisis vite : une batterie qui vous lâche fait partie du quotidien. J'appelle Catherine qui propose de se charger de mes achats au village. Je n'ai pas le choix. Elle sera là dans une grosse heure ; elle a fermé boutique jusqu'à mardi, personne ne songeant à faire des emplettes autres qu'alimentaires par ce froid ou à s'aventurer sur des routes incertaines. Voilà qui me laisse le temps d'avertir le garagiste de Rézac. Il me dit qu'il ne peut pas venir avant plusieurs jours, car il a beaucoup de travail. J'essaie de le convaincre, mais il me répond que tout le monde a envie que sa voiture soit réparée en priorité, même s'il s'agit d'une batterie à remplacer. Décidément, le froid ne rend pas les gens aimables.

Catherine essaie de me remonter le moral. Elle sent bien que l'enthousiasme de l'été s'est envolé. Je la rassure ; je vais tenir jusqu'aux beaux jours, même si c'est beaucoup plus difficile que je l'imaginais. Je lui parle de mes doutes au sujet de Moïse. Elle garde le silence un moment, puis me dit qu'elle pense que j'ai raison. Je suis la première personne à m'être vraiment intéressée à lui, à lui avoir témoigné de l'amitié, de l'affection même. Et Moïse, si discret, si solitaire, y a peut-être vu autre chose. Je ne sais pas quoi dire. J'ai de la peine. Je ne veux pas perdre son amitié. Il va falloir que je trouve le courage de mettre les choses au point, s'il consent à revenir à la maison. Catherine comprend mon désarroi, mais ne peut rien pour moi. Je la raccompagne jusqu'à sa voiture avant que la nuit ne tombe. Comme nous sortons, un homme arrive dans notre direction. Avec tristesse, je me rends compte que ce n'est pas la silhouette de Moïse. Nous finissons par reconnaître Guy Lacoste malgré le bonnet, l'écharpe et le col de la veste relevé. Catherine le salue et s'excuse de nous laisser ; elle doit vraiment rentrer. Il m'explique qu'il vient voir si je n'ai besoin de rien. Il sait à quel point il est difficile de vivre isolé ; il en a fait l'expérience dans sa jeunesse.

— C'est la providence qui vous envoie ! Pas pour les provisions, dont Catherine s'est chargée, mais je suis en panne de voiture…

Je lui explique le problème, sachant qu'il ne peut rien faire sans une batterie neuve.

— Voyons cela. Il faut être sûr que la panne vient de là. Je ne suis pas un expert, mais on ne sait jamais…

Il ouvre le capot, se penche et se redresse presque aussitôt.

— Quelqu'un vous en veut ? demande-t-il, mi-sérieux mi-rieur.

Je suis désarçonnée par sa question et je reste sans répondre. Il me regarde, un sourire ironique sur les lèvres :

— Votre batterie était simplement débranchée. La grange ne ferme pas à clé ?

— Si, bien sûr. J'ai dû oublier de le faire hier soir. De toute façon, je n'aurais jamais pensé avoir ce genre de problème.

— Méfiez-vous, maintenant. Je ne crois pas à une plaisanterie. Je vais revenir avec des outils et vérifier s'il n'y a pas autre chose.

Je le remercie, mais je suis abasourdie. Pourquoi ? Qui ? Bien sûr, ce n'est pas grave, mais l'incident sonne comme un avertissement. Je pense à Moïse, bien sûr. Je ne le crois pas capable de ça ; mais connaît-on réellement les gens ? Qui d'autre ? Jeantou ? Il ne m'aime pas beaucoup, mais il m'ignore plutôt. Quelqu'un que je ne connais pas et qui n'aime pas que les gens de la ville achètent les maisons des paysans ?

Grâce à Guy Lacoste, ma voiture fonctionne à nouveau ; il n'y avait bien qu'un problème de batterie. Une douceur inattendue et temporaire, d'après la météo, a fait fondre la neige. Il n'en reste que des taches blanches qui ponctuent le chemin du ruisseau, dans les endroits à l'abri des rayons du soleil. Je décide d'aller jusqu'à Puyssolier rendre visite à Maria et à Adrien. Lorsque j'arrive, je trouve triste mine au village. Devant les maisons, les plates-bandes sont emplies de tiges rendues translucides par le froid. Les murs ont viré au gris sombre et la route est luisante d'humidité. Toutes les cheminées fument, sauf dans deux des maisons rénovées et équipées d'un chauffage moderne. On devine des silhouettes derrière les vitres embuées ; les lampes sont allumées depuis le matin. Une porte s'ouvre sur un homme muni d'un panier à bois. Deux enfants courent sur la route, tartines à la main. Je range ma voiture un peu avant la maison de Maria. Tout a l'air calme. Trop calme. Pas de lumière à l'intérieur, pas de fumée dans la haute cheminée. Je tourne la poignée sans même frapper. La porte résiste : elle est fermée. Que se passe-t-il ? Je suis là, attendant je ne sais quoi, lorsque Denise sort de chez elle.

— Elle est partie. Elle est malade.

Elle dit ça tranquillement, comme si c'était tout naturel.

— Comment ça, partie ? Malade ? Où est-elle ?

— Chez sa fille. Elle a eu un début de pneumonie et le médecin n'a pas voulu qu'elle reste seule. J'ai eu des nouvelles hier. Elle va mieux, mais elle ne rentrera pas tout de suite.

— Merci, Denise. Personne ne m'avait avertie.

Mais Denise est déjà rentrée chez elle, me laissant seule. Maria. Ma Maria. Tout à coup, j'ai envie d'être dans cette maison sombre, mon verre de café à la main, avec elle qui me parlerait de ses livres, de son Ludo ou du temps qu'il fait. Et si Denise ne disait pas la vérité ? Et si Maria mourait… Je me rends compte à quel point elle me manquerait. Je me sens seule, abandonnée. Le sentiment étrange d'avoir déjà vécu cela, d'avoir déjà ressenti cette souffrance, m'envahit. Abandonnée. Comme je l'ai été par mon père il y a bien longtemps. Pourquoi ? En quoi avais-je failli à ses attentes ? Je me souviens d'un père aimant pourtant. Avait-il trouvé dans un autre ménage une fille de substitution ? Cette idée m'est étrangement moins pénible que de penser qu'il m'a abandonnée sans aucune cause.

Je n'irai pas voir si Adrien est chez lui. Je n'ai pas envie de voir son bonheur tout neuf.

Le vent a soufflé en tempête cette nuit. J'ai entendu se tordre les vieux châtaigniers ; une branche cassée a heurté le toit et a rebondi plusieurs fois avant d'atteindre le sol. Je ne suis pas encore sortie pour voir si des tuiles avaient été cassées. Mais une autre mauvaise surprise m'attendait. En me levant, j'avais été saisie par le froid qui régnait dans la maison. Le radiateur de ma chambre était froid : la chaudière ne fonctionnait plus. Au même instant, mes yeux se sont portés sur le radio-réveil, dont je ne percevais plus la familière petite lumière verte. Il n'y avait plus d'électricité. Après un instant de panique, j'ai rassemblé mes esprits. J'allais allumer ma bonne vieille cheminée, appeler Catherine depuis mon portable, et on aviserait. Le thermomètre installé près de la porte indiquait 15° C ; à l'extérieur, un entrelacs de brindilles et de branches jonchait la cour. J'ai enfilé mon manteau par-dessus mon pyjama pour aller chercher du bois. J'ai prié pour que le fagot s'enflamme rapidement, ce qui a été le cas. Je me suis habillée à la chaleur naissante du feu. La douche attendrait des jours meilleurs. Lorsque j'ai réussi à avoir Catherine au téléphone, elle m'a appris que tout le secteur était privé d'électricité à cause du vent de la nuit et qu'on ne pouvait qu'attendre. En raccrochant, je n'ai pas pu m'empêcher de penser que cela ne serait probablement pas arrivé en ville.

Moïse me manque ; j'ai essayé en vain de l'appeler plusieurs fois, jusqu'à ce que je comprenne que les téléphones fixes ne fonctionnent pas. Je prends un livre dont je lis deux pages que je ne comprends pas, je relis un passage déjà lu, je le pose, je choisis un magazine que je feuillette ; je me rends à l'évidence : je m'ennuie. Je n'ai pas voulu l'admettre jusqu'à présent, pas voulu donner raison à Camille et à Catherine. Suis-je faite pour cette vie ? Je fais le point de la situation : je n'ai plus Maria, Moïse me fuit visiblement, Catherine travaille jusqu'à ce qu'elle ait trouvé un repreneur pour sa boutique, et, plus décevant encore, quelqu'un m'en veut sans que je sache pourquoi. Et maintenant cette panne d'électricité qui va me plonger dans le noir d'ici peu.

Était-ce bien raisonnable de venir m'installer ici, si vite ? Et si je le regrettais, y avait-il une solution ? Je n'avais pas bien mesuré ce que cette vie impliquait. À Bordeaux, j'avais accès à tout, très vite. Le rythme de la vie à la campagne, que j'avais tant apprécié au départ, me convient-il vraiment ?

Mon portable qui sonne me tire de mes pensées : Catherine m'apporte des bougies, une lampe à pétrole et son soutien d'ici une heure. Elle est allée ouvrir sa boutique, mais a renoncé rapidement : personne ne viendrait aujourd'hui. Elle ne sait pas à quel point elle m'est précieuse. Elle arrive à l'heure dite. J'ouvre la porte pour l'accueillir lorsque quelque chose au bout de mon pied attire mon attention. Sur la dernière marche, un tas de brindilles est posé. Je me penche pour l'enlever. Ce que je vois alors me glace : une allumette a été glissée dessous. Une menace évidente : la prochaine fois, l'allumette pourrait bien être enflammée. Catherine est sidérée. Elle dépose sur la table le carton qu'elle tient et finit par dire :

— Il faut avertir la gendarmerie.

— C'est peut-être exagéré… Juste un mauvais plaisant…

J'essaie de minimiser, mais j'ai peur. Elle repart en répétant son conseil. Elle prendra de mes nouvelles dès demain.

Après bien des hésitations, je compose le numéro de la gendarmerie. Une jeune femme me répond ; de toute évidence, elle ne prend pas cela très au sérieux. Si je veux, je pourrai venir déposer plainte demain. Je ne le ferai pas.

Je raccroche en entendant frapper ; Guy Lacoste passe voir si tout va bien. Je ne réussis pas à lui cacher mon trouble. Il essaie de me rassurer : quelque gamin qui a trouvé là un jeu idiot. Je pense, moi, que ce n'est pas un jeu. Je lui avoue que je ne me sens plus en sécurité. Il me dit que certains ne sont pas accueillants à l'égard des nouveaux venus, mais aussi qu'il a toujours senti que je n'étais pas faite pour cette vie, et que je serai mieux en ville. Ses propos m'agacent, mais je ne peux pas nier qu'il a probablement raison. Pourtant j'aime cette maison, j'aime cet endroit. J'étais tellement sûre de moi. En larmes, j'appelle Camille. Elle essaie de me rassurer, mais je sens bien qu'elle non plus n'y croit pas. L'affaire de la batterie et du petit foyer sur les marches l'intrigue tout de même. Elle ne voit pas qui a pu faire cela. Je n'aurais pas dû laisser la grange ouverte. Il a suffi d'un oubli… Mais si elle avait été fermée, « on » aurait trouvé autre chose, c'est certain. Il est vrai que je suis un peu négligente, j'ai pris les habitudes du village : clés de la maison sous un pot de fleurs, comme tout le monde, voiture non fermée, même si j'en ôte les clés. Je ne suis pas d'ici et quelqu'un me le fait savoir.

Pas de télévision ce soir ; difficile de lire à la lueur de la jolie lampe à pétrole prêtée par Catherine ; je dîne légèrement, sans faim, et je me couche. Je m'endors rapidement et mon sommeil est peuplé de silhouettes rôdeuses et ricanantes. À mon réveil, la faible lumière grise qui filtre par les volets ne me donne pas envie de me lever. Pourtant un léger clignotement vert attire mon attention. Mon radio-réveil fonctionne : l'électricité a été rétablie. Je prends alors conscience de la tiédeur de la pièce ; le ronronnement de la chaudière me redonne un peu de courage. Comment ai-je pu me laisser déstabiliser à ce point par une simple panne ? Mais tout le reste revient à mon esprit : le départ de Maria ; l'éloignement de Moïse ; cet inconnu qui est entré dans la grange, qui est venu jusque devant ma porte…

Dans la matinée, je rappelle Camille qui sent tout de suite que je ne vais pas vraiment mieux. Elle me conseille de ne pas prendre de décision trop hâtive. Elle ne peut pas venir pour le moment à cause de son travail. Adrien lui manque bien qu'il soit venu la voir à deux reprises déjà. Elle est heureuse ; je l'entends dans sa voix. Elle est certaine que tout va rentrer dans l'ordre pour moi. Pourtant, elle m'interroge encore sur ce début de mois de janvier. A-t-elle peur, elle aussi, de la vie à la campagne ? Je lui ai peut-être fait prendre conscience qu'elle n'est pas aussi paradisiaque qu'on l'imagine parfois.

Il faut que j'aille à Rézac : réfrigérateur et congélateur sont désespérément vides. C'est avec un coffre bien plein que je regagne Pierrebrune. Je veux pouvoir faire face à d'autres coups de froid ou coups de vent. Des traces de pneus dans le chemin mouillé m'indiquent qu'une voiture est venue pendant mon absence. L'inquiétude me noue la gorge un instant jusqu'à ce que je m'aperçoive qu'elles s'arrêtent près de la boîte à lettres. Je comprends que ce n'est que le facteur qui a déposé du courrier. Il y a en effet une enveloppe sur laquelle mon nom est écrit de manière assez naïve en capitales d'imprimerie et qui a été postée à Rézac. J'entre, pose le lourd panier et ouvre la missive. Une publicité sans doute. Ce n'en est pas une. Un message, rédigé avec la même écriture que l'enveloppe, me demande de revenir à Bordeaux et de renoncer à vivre à Pierrebrune, *qui n'est pas fait pour les dames de la ville*. Sans quoi, j'aurai des soucis plus sérieux. Bien sûr, il n'y a pas de signature. Je me laisse tomber sur une chaise.

Je retourne l'enveloppe qui ne livre aucun indice. Toujours la même question. Qui ? Encore la même peur, mêlée de colère, car l'auteur de cette lettre me connaît et je le connais. Moïse ? Jeantou ?

Je les crois sans méchanceté, mais peut-on être sûr ? Moïse seul a une raison de m'en vouloir, cependant j'ai du mal à y croire : il est un des rares hommes en qui je peux avoir confiance. Non, la déception serait trop grande. Je me ressaisis : je n'ai aucune preuve, même si je ne l'ai pas vu depuis plusieurs jours. Je me surprends parfois à guetter sa silhouette dans le chemin, le bruit de son pas lent et régulier sur les pierres. Je décide de lui rendre visite dans l'après-midi. Je veux savoir. Même s'il nie, je saurai s'il dit la vérité ou non. Moïse ne sait pas mentir. Le téléphone me tire à nouveau de mes pensées. Guy Lacoste, qui a décidé de devenir mon ange gardien, me demande encore une fois si tout va bien. Je m'étonne qu'il soit encore à Puyssolier. Il m'explique qu'il a pris quelques jours de congé supplémentaires pour rester chez Moïse avec qui il s'entend très bien. Sa femme, elle, est repartie dans la région parisienne depuis hier. Je suis ravie que tout se passe bien avec son cousin. Je raconte l'épisode de la lettre anonyme. Après un silence, il reprend la parole.

— Écoutez, Cécile. Je vois bien que ça ne va pas. L'enchaînement de tous ces soucis vous a épuisée. J'ai longtemps hésité, je ne veux pas vous peiner, mais, si vous le voulez, s'il n'y a pas d'autre solution, je veux bien vous racheter la maison au prix que vous l'avez payée, plus, évidemment, les travaux effectués. Je sais, ce serait en dernier recours, mais je n'ai pas envie de vous voir tomber dans la dépression. Réfléchissez à ma proposition, je vous prie. C'est grâce à vous que j'ai un cousin, maintenant. Et puis, vous avez tellement embelli la maison que je trouverai bien un Anglais pour la racheter au même prix. Je ne veux pas faire de bénéfice, juste vous rendre service, si je le peux. Ou nous la garderons pour les vacances.

Revendre la maison… Je n'avais pas pensé sérieusement à cette éventualité jusqu'à présent. Je balbutie des remerciements et je raccroche. Je n'ai plus envie d'aller voir Moïse. Le soir arrive sans que j'aie vu passer la journée. Je repense à l'offre de M. Lacoste. Pourquoi pas, après tout ? Je n'aurai pas assez pour racheter un appartement à Bordeaux, même petit, mais à Lormont, près de chez Lise, ce devrait être possible. Une lueur d'espoir… Échapper à Puyssolier. Là encore, on n'a pas voulu de moi. Encore une fois abandonnée, lâchée. Jusqu'à quand devrai-je fuir ainsi ? Maria, si tu étais là, tu me défendrais ; je sais que ta porte serait toujours ouverte et ton sourire toujours rassurant. Moïse, pourquoi me fuis-tu ? J'ai besoin de ton amitié.

J'enfile mon manteau et roule jusqu'à Saint-Médard. Catherine et Bernard sont étonnés. Je ne sais pas comment leur dire… Je prends une grande respiration et je me lance.

— Je vais vendre la maison.

Ils restent un moment silencieux, pris au dépourvu par cette annonce.

— Tu as bien réfléchi ? Tu es sûre ?

Bernard s'assoit face à moi.

— Pourquoi, Cécile ? Tu étais si heureuse…

— Mais je ne le suis plus. On ne veut pas de moi ici. Et puis c'est trop difficile, l'hiver.

— Les pannes d'électricité ne sont pas si fréquentes, tu sais. La dernière n'a duré qu'un seul jour. Et pour ta voiture, quelqu'un t'a joué un mauvais tour.

— Si M. Lacoste n'était pas venu, je n'aurais pas pu bouger de chez moi pendant plusieurs jours, persuadée qu'il fallait une batterie neuve… J'ai peur, maintenant.

Je leur parle de la lettre. De Moïse.

— Cette attitude ne ressemble pas à Moïse. Il est très sensible et n'a jamais fait de mal à personne.

— Il a changé ou alors on ne le connaissait pas bien.

— Bon ; dit Catherine. Si c'est ton choix de repartir, nous ne pouvons que le respecter, mais je pense que tu vas trop vite. Attends un peu. Tout finira par s'arranger.

— Non, je ne crois pas. Je ne peux pas laisser passer la proposition de M. Lacoste.

— Quelle proposition ?

Je raconte cela aussi. Ils sont étonnés. Guy Lacoste ne s'intéressait pas à cette maison, avant, et il la rachèterait ?

— Il a été très gentil ; il voit que je ne vais pas bien. Il m'a dit qu'il trouverait certainement à la revendre au même prix. Ainsi, il ne serait pas perdant.

— La décision t'appartient. Mais sache que nous étions heureux de t'avoir ici, près de nous. As-tu des nouvelles d'Adrien ?

— Pas vraiment ; je sais qu'il est allé plusieurs fois à Bordeaux. Son histoire avec Camille suit son chemin. Je suis heureuse pour eux. Même s'ils m'ont un peu oubliée, je ne leur en veux pas.

Sur le chemin du retour, je me dis qu'ils n'ont pas beaucoup insisté. Respect pour mon choix ou indifférence ? Lorsque j'arrive, j'ai juste le temps d'apercevoir une silhouette emmitouflée se faufilant sous le couvert des arbres, vers le ruisseau qui, si on ne porte pas de bottes, est infranchissable. Je veux savoir. Je claque la portière et je me précipite vers l'endroit où l'homme a disparu, car c'était bien un homme. Je m'engage à sa suite sur le chemin, le plus discrètement possible. Soudain, je le vois. Il est bien chaussé de bottes et avance prudemment dans l'eau vers l'autre rive. Je m'arrête pour ne pas faire de bruit, mais je suis un peu trop loin pour le reconnaître facilement. Il glisse et lance un juron en se redressant. Il s'est retourné un instant. C'est Jeantou. Il ne m'a pas vue. Je regagne la maison et procède à un examen minutieux des alentours. Tout semble normal. Peut-être a-t-il été dérangé par mon arrivée. Peut-être aussi était-il là pour tout autre chose. Comment savoir ?

Les jours suivants, le froid se fait encore plus vif. Personne ne sort, sauf pour se ravitailler. Je lis, je regarde la télévision. Je n'ai pas de visites, ce qui me conforte dans l'idée que je suis indésirable ici. Guy Lacoste a rejoint sa femme dans la région parisienne. Ce matin, je me suis mieux regardée dans le miroir de la salle de bains. Mes cheveux ont repoussé et ma jolie coupe n'est plus qu'un vague souvenir ; j'ai peu à peu perdu l'envie et l'habitude de me maquiller et je ressemble maintenant à une vieille femme. Si Moïse me voyait, il n'insisterait pas… Camille avait raison : je suis en train de me couper du monde, alors que je venais m'installer ici pour revivre. Dehors, les collines sont toujours aussi belles, mais ne suffisent plus à me tirer du mal-être dans lequel je suis tombée peu à peu. Il me faut prendre une décision. Demain, j'irai voir ma mère. Les intempéries m'en ont empêchée et je me sens coupable ; je sais que, n'ayant plus la notion du temps, elle ne s'en est pas rendu compte, mais mes problèmes ne doivent pas me faire oublier que j'ai encore une mère.

Ma décision est prise : je vais revendre la maison à Guy Lacoste. Je me sens de plus en plus isolée à Pierrebrune. Je vois bien que m'installer ici était une folie. Je croyais avoir été acceptée, mais il n'en est rien. Seuls Catherine et Bernard, m'ont manifesté leur soutien, et je l'ai trouvé bien tiède. Il n'y a pas eu d'autres lettres anonymes, mais une seule a suffi. À Bordeaux, je suis allée chez Camille, comme je le fais à chaque fois. Nous avons longuement parlé. Elle m'hébergera le temps nécessaire à trouver un logement en banlieue ou une location temporaire. Une nouvelle m'a un peu réchauffé le cœur : Adrien ne s'est pas manifesté, car il est parti jusqu'à mi-février à Paris pour son travail. Camille ne comprend pas l'attitude de Moïse ; nous sommes d'accord pour dire que cela ne lui ressemble pas, mais il faut se rendre à l'évidence : il n'est pas celui que nous pensions. Je signe le compromis de vente demain. Encore un départ de Saint-Médard. Si je n'avais pas pris, un jour de mai, le chemin de randonnée, je n'aurais pas vu la maison. Si je n'avais pas répondu à l'appel de Catherine… Si, si… De temps en temps, je m'assois dans mon canapé rouge et je regarde ce qui, bientôt, ne sera plus à moi. Je ne pleure plus. Je ne vais plus à Puyssolier où personne ne m'attend, je ne vais même plus au ruisseau. Avec l'arrivée de février, le froid s'est calmé ; il n'a pas plu depuis plusieurs jours et le gué est peut-être à nouveau praticable. Remettre les pierres. Je m'étais promis de le faire. Ce sera mon cadeau d'adieu à ce petit cours d'eau que j'ai tant aimé. Bientôt, je commencerai à remplir les cartons que nous avions vidés si joyeusement. Qui aurait pu prévoir, alors ? Ma seule consolation est que ce sera beaucoup plus simple pour aller rendre visite à ma mère.

Voilà. J'ai signé il y a deux semaines maintenant. Je ne peux plus revenir en arrière sous peine de dédommager M. Lacoste d'une somme que je n'ai pas. C'est bien ainsi ; je ne peux plus changer d'avis. Le mois prochain, nous signerons l'acte de vente et je partirai. Je me prépare à ma dernière visite, probablement, au ruisseau. L'air est assez doux, écharpe et bonnet ne sont pas nécessaires. Le chemin a reverdi légèrement sous les premiers rayons de soleil. Il est encore très humide et je glisse parfois. J'entends le gargouillis de l'eau un peu plus bas ; encore une courbe du chemin et je vois le ruisseau. Les pierres du passage ont été emportées, comme je le pensais. Il ne fait pas sombre comme en plein été et la lumière joue sur l'eau ; je regarde les cascades minuscules, les tourbillons entre les pierres, une branche morte captive d'une racine, les jeunes pousses de plantes dont je ne connais pas le nom. Comme avant, je ferme les yeux ; une odeur d'humus monte de la terre et les branches grincent au-dessus de moi.

Je remets les grosses pierres déplacées par le courant pour que les randonneurs du printemps puissent traverser facilement. J'ai les mains gelées. Je les glisse sous mon manteau et je reste encore un peu. Le plus difficile reste à venir, je le sais. En remontant, je découvrirai ma maison telle qu'elle m'est apparue ce jour de mai 2007 où j'ai décidé qu'elle serait mienne avant même de savoir si c'était possible. Je reprends lentement le chemin ; le chagrin de ces derniers jours m'a encore ôté des forces. Je n'ai plus d'appétit et je ne me rappelle plus à quand remonte mon dernier vrai repas.

Je traverse le petit bois et entre dans la lumière du pré. Le rocher rond est toujours là. Je m'y assois une dernière fois. Fermer les yeux ; revenir en arrière. Ne pas voir cette maison, tout à l'heure... Une branche a craqué en contrebas. J'ouvre les yeux et me redresse vivement. Moïse est là, devant moi.

— Cécile, je t'ai cherchée. J'ai fini par penser au ruisseau.

Sa voix est douce, mais je n'ai plus confiance.

— Que veux-tu ? Pourquoi m'as-tu cherchée aujourd'hui, au bout de tout ce temps ?

— Je crois qu'il faut qu'on parle. Je ne suis pas sûr d'avoir tout compris. Et j'ai de la peine, ajoute-t-il à voix presque basse.

— De la peine ? Alors que tu me fuis depuis plus d'un mois ? T'es-tu demandé si j'en avais, moi, de la peine ?

J'ai crié. Il n'a rien dit. Il m'a juste regardée, étonné, et a dit :

— Viens ; allons chez toi. Il me faut une explication.

— Et moi donc !

Nous avons parcouru la petite distance qui nous séparait encore de la maison, murés tous les deux dans un silence pesant, plein de rancœur et d'incompréhension. De ce fait, je n'ai pas eu mal en voyant la maison au débouché du deuxième petit bois, comme je le craignais. J'avais emporté la clé avec moi, précaution nouvelle, et c'est en tremblant que je l'ai introduite dans la serrure. Moïse est entré et s'est immobilisé devant les cartons que j'avais commencé à remplir.

— Alors c'est bien vrai ? Tu pars ?

— Oui, je pars. Ne fais pas l'innocent, tu le sais très bien. Plus personne ne veut de moi, ici ; alors, je m'en vais. Ton cousin récupère sa maison, il y viendra en vacances et c'est mieux. Moi, je vous laisse entre vous.

— Je t'assure que je n'étais pas au courant. Catherine m'a averti hier que tu vendais la maison et elle a été étonnée que je ne le sache pas. C'est pour ça que je te cherchais tout à l'heure.

— Ton cousin Lacoste t'a bien raconté, quand même !

— Il m'a dit certaines choses que j'ai de la peine à croire, c'est vrai. Et je voulais en discuter avec toi.

J'ai du mal à me calmer, à parler. Le chagrin et la colère se mêlent au doute, à l'incompréhension. Il veut qu'on s'explique, je suis d'accord. Au moins tout sera dit. Il s'est approché de moi et a pris ma main. Je la retire vivement.

— Non, Moïse, pas ça.

— Pas ça quoi ?

— Écoute-moi bien. Je ne revivrai avec personne ; jamais. Je ne suis pas amoureuse de toi. Tu étais mon ami et j'avais confiance en toi. Tu étais le seul en qui j'avais confiance.

Il me regarde, effaré ; il devient rouge et passe sa main dans ses cheveux.

— C'était donc ça… Je me souviens t'avoir pris la main et tu l'avais retirée avec une violence qui m'avait étonné. Excuse-moi. Je t'ai déjà dit que je ne savais pas me comporter avec les dames. Mon geste était un simple geste d'affection. Jamais il ne me serait venu à l'esprit que toi… enfin que nous… Tu es comme la sœur que je n'ai pas eue et j'ai besoin de toi. Qu'est-ce que je vais faire si tu t'en vas ?

Comme sa sœur ? Ainsi il avait suffi d'un geste mal interprété… Je me sens ridicule, mais je me ressaisis.

— Si tu dis vrai, alors explique-moi pourquoi je ne t'ai pas vu pendant plus d'un mois.

— À cause de ta voiture en panne, des brindilles sur les marches et de la lettre anonyme.

Il baisse la tête et ne semble pas vouloir en dire plus.

— Regarde-moi, Moïse. Que sais-tu ? Comment es-tu au courant ? Ce n'est pas toi…

— Non ; je t'assure que non. Ce n'est pas moi. Je suis au courant par Guy. C'est lui qui m'a raconté. Pour la voiture d'abord. Il m'a dit que tu pensais que c'était moi, mais il ne savait pas pourquoi. Quand la lettre est arrivée, tu lui en as parlé et il m'a encore dit que tu me soupçonnais. Pour le reste aussi.

Je fais un geste vers lui pour l'arrêter, mais il l'ignore et continue.

— Un jour, j'ai rencontré Catherine à l'épicerie du village, juste après le Premier de l'an. Elle m'a dit que tu avais été gênée par mon attitude. Tu sais que je n'avais aucune arrière-pensée, mais j'ai eu tellement honte que je t'ai évitée quelques jours. Ensuite, Guy m'a dit que tu pensais que j'étais l'auteur des menaces. J'ai voulu venir t'expliquer, mais il me l'a déconseillé en précisant que tu ne souhaitais plus me voir, que tu m'en voulais beaucoup. Ça ne te ressemblait pas, mais j'ai accepté, me disant que je trouverais bien un moyen, tôt ou tard, de te parler. Hier, Catherine m'a appelé et je me suis dit qu'il fallait que je vienne te trouver, même si tu m'en voulais.

Cette fois, c'est moi qui lui prends la main et il sourit. Son sourire me fait du bien.

— Moïse, je n'ai jamais dit à personne que je te soupçonnais de quoi que ce soit. Je reconnais que cette pensée m'est venue, mais je ne pouvais pas y croire. Je ne comprends pas pourquoi Guy Lacoste t'a raconté ça. Je ne sais toujours pas qui veut mon départ et pourquoi.

— Il aura mal compris… Mais je suis soulagé. Maintenant, tu vas rester, alors ?

— Non ; je ne peux pas. J'ai signé et me dédire coûterait trop cher.

Il a pâli. Je vois ses lèvres se serrer. Il se lève.
— Je trouverai qui a fait ça. Je te le jure.
— Ça n'a plus d'importance, maintenant.
— Pour moi, si.

Adrien est rentré de Paris. Camille m'a avertie. Il m'attend dans l'après-midi. Je dois lui parler et, surtout, je ne veux pas qu'il ait une version fantaisiste des faits. Je ne ferai pas de reproches à Catherine pour avoir aggravé le malentendu entre Moïse et moi. C'est Catherine, et on ne la changera pas.

C'est le cœur serré que je pousse la barrière. À son habitude, il ouvre la porte avant que j'aie frappé. Il a fait une tarte, sa spécialité, et il a l'air malheureux. Il n'a été mis au courant de mon histoire qu'après mon passage à Bordeaux. Camille n'avait rien dit avant, persuadée que tout allait s'arranger. Lui aussi me demande s'il y a une possibilité de renoncer, lui aussi cherche qui est la cause de tout cela.

— Cette personne n'est pas la seule en cause. Il y a eu tout ce froid, l'impression d'être abandonnée de tous, d'être seule à nouveau, après tant de joie. Tout cela a contribué à ma décision.

— Tu ne regrettes pas ?

— Je ne le peux pas. C'est trop tard maintenant. Mais, honnêtement, je suis malheureuse. J'aime cette maison ; j'aime cet endroit. C'est, encore une fois, mon enfance que je vais laisser derrière moi. Je ne me sens pas la force de recommencer ailleurs. Je sais que jamais je ne me sentirai aussi bien qu'à Pierrebrune. Savoir que plus jamais je ne prendrai mon petit déjeuner dans la lumière d'un matin d'été face aux collines ou que plus jamais je n'irai à Puyssolier en passant par le ruisseau me fend le cœur. Même si elle ne m'appartient plus, elle sera toujours ma maison.

— Je comprends. Personne ne le sait encore, mais Camille et moi, nous avons décidé de vivre ensemble, ici. Pas avant l'an prochain, bien sûr, à cause de son travail, mais ce projet nous rend heureux et nous permet de patienter. Tu pourras venir nous voir aussi souvent que tu le veux.

— Je te remercie, Adrien. Je ne peux pas te le promettre. J'ai peur que ce soit trop difficile pour moi. Peut-être, avec le temps… Mais je suis très heureuse, vraiment, pour vous.

— Je le sais. J'espère juste que cette tarte n'est pas la dernière que nous mangeons ensemble. Bon. J'ai quand même une surprise pour toi. Oh ! ce n'est pas grand-chose, comparé à la perte de ta maison, mais je pense que ça va te faire plaisir.

Je refuse ma part de tarte ; je n'ai pas faim. Une boule au creux de l'estomac m'empêche toujours de manger. Une surprise ? Je ne vois pas de quoi il veut parler, mais il ne dit rien de plus. Sa part de gâteau terminée, il me demande de mettre mon manteau, il prend le sien et nous sortons. Nous n'avons pas à aller très loin. Je comprends rapidement : la maison de Maria est ouverte. Elle est revenue ! Comme je suis arrivée par la route, je ne suis pas passée devant chez elle, tout à l'heure. Elle doit nous guetter, car la porte s'ouvre alors que nous ne sommes pas encore arrivés à sa porte. Elle sort en entortillant rapidement un châle de laine autour de ses épaules. Je lui fais signe.

— Non, Maria, ne prends pas froid.

Elle ne m'écoute pas et trottine vers nous. Je la soulève pour l'embrasser. Elle est si légère. Nous la ramenons au chaud et c'est moi qui mets le café à passer et qui sors les biscuits de leur boîte métallique. Adrien l'aide à s'asseoir dans le fauteuil neuf que sa fille a installé près de la cuisinière. Je la regarde. Elle a maigri et ses cheveux sont devenus ternes ; des mèches s'échappent de son chignon mal fait. Où est ma Maria d'avant, vive et gaie, Maria toujours nette et soignée, même après une séance de jardinage ? Je réalise que je vais devoir la laisser, elle aussi. Jeantou et Denise s'occuperont d'elle, je le sais. Sa fille viendra souvent, certainement, mais moi je ne saurai rien d'elle. Je ne saurai pas si elle a besoin d'un nouveau livre, je ne saurai pas si son Ludo est venu la voir, si elle reprend du poids. Elle ne fera plus réchauffer de café dans la vieille casserole pour moi, ne me racontera pas tout ce qui reste encore à raconter. Pour la première fois depuis bien longtemps, j'éclate en sanglots, recroquevillée sur une chaise où je me suis laissée tomber. Je sens des bras autour de moi, des mains sur mes cheveux, un mouchoir sur mes joues. J'ai l'impression de tomber dans un trou sans fin. Des voix me parviennent de très loin, douces, angoissées, suppliantes. Je n'arrive pas à refaire surface. Je ne veux pas refaire surface. Je veux qu'on me laisse m'enfoncer encore et encore. J'ai tout perdu, j'ai décidé trop vite.

J'émerge enfin, un linge mouillé sur le visage.

— Tu nous as fait peur ! dit Adrien, me tendant un verre d'eau.

Je reprends mes esprits petit à petit. Je demande si Maria est au courant de mon départ.

— Oui ; et elle a du mal à l'accepter. Elle n'est pas tout à fait guérie et ta décision ne va pas arranger les choses.

— Je voulais te parler de quelque chose, coupe-t-elle. Mais ça pourra attendre un peu.

— C'était important ?

— Peut-être ; mais plus tard…

— Je t'invite dimanche à la maison, Maria. Tant que je le peux…

Elle hoche la tête :

— D'accord pour dimanche, alors.

— Je te ramène chez toi ? demande Adrien.

— Ne te soucie pas de moi. J'ai ma voiture. Je me sens bien, maintenant. Je peux conduire.

— Il n'en est pas question. J'ai une idée : tu vas rester dîner avec moi, puis je te ramènerai. Ce n'est pas la peine de discuter…

Comme prévu, il me dépose devant ma porte après le repas qu'il m'a forcée à avaler ; demain, il reviendra me chercher pour que je récupère ma voiture, mais pas avant quatre heures. La porte refermée, je me sens trop lasse pour lire et j'allume la télévision. Je regarde distraitement le début d'un film américain auquel je ne comprends pas grand-chose, car je n'arrive pas à me concentrer. Je somnole un peu ; il est trop tôt pour aller dormir. La sonnerie du téléphone me fait sursauter. Je regarde l'heure : qui peut bien appeler à vingt et une heures ? La voix de Moïse. Joie et inquiétude mêlées, je lui demande la raison de son appel. Il me dit qu'il a appris pour mon malaise, demande de mes nouvelles. Je le rassure. Il ne raccroche pas pour autant. A-t-il envie de discuter un peu ou y a-t-il autre chose ? Je finis par lui demander si tout va bien pour lui.

— Oui, tout va bien. Écoute, en fait, je voulais te dire… Voilà. Guy m'a appelé dans la journée et il m'a dit qu'il avait un acheteur pour la maison. Je voulais que tu le saches.

— Je te remercie, mais Guy est libre de faire ce qu'il veut de sa maison, maintenant. Il a été gentil de me la racheter sans que je perde de l'argent. Je pensais, cependant, qu'il souhaitait la garder pour lui, pour les vacances.

— Moi aussi. Mais ce qui m'a plus étonné encore c'est qu'il la revend bien plus cher. Il m'a expliqué que tu lui avais donné de la valeur et qu'il en avait profité. Il était très content. Il m'a demandé de ne rien dire, mais je pense que tu dois savoir.

— Effectivement ; vu de cette façon, M. Lacoste me paraît un peu moins sympathique, même s'il est ton cousin.

— L'acheteur n'a pas discuté le prix. Sans doute un Anglais. Le plus fort, c'est qu'il n'a même pas vu la maison. Seulement des photos sur Internet ou dans une agence.

Peu avant de signer le compromis, M. Lacoste m'avait en effet demandé s'il pouvait prendre quelques photos ; celles de l'intérieur étaient jolies et il m'avait complimentée encore une fois sur ma décoration. Après tout, il n'allait pas refuser une offre alléchante s'il s'en présentait une. Je le dis à Moïse qui n'est pas d'accord. Pour lui, il a bien profité de mon moment de déprime et des travaux que j'ai effectués.

— On n'y peut rien, Moïse. Même si ce n'est pas très élégant de sa part, j'en conviens.

Je sais qu'il est déçu. Il n'imaginait pas que son propre cousin pourrait agir ainsi. Pour lui, un Lacoste était forcément comme les grands-parents qu'il avait connus : honnête.

— L'acheteur doit venir voir la maison un de ces jours, quand même ! Tu le verras peut-être.

— J'ouvre l'œil et je te tiens au courant ! Mais ce pauvre homme, même s'il est un peu naïf, n'est responsable de rien. On ne peut pas lui en vouloir…

Le vendredi, je vais encore à nouveau au marché à Rézac. Le temps où je l'ai fait découvrir à Camille ne semble bien lointain. J'ai récupéré ma voiture et je me sens bien. Enfin, mieux. Je passe devant le salon de coiffure et j'entre sans y avoir pensé. Mes cheveux tombent sur mes épaules, maintenant. La jeune fille de la dernière fois me reconnaît. Elle se souvient de la coupe et me propose la même. Je vais, comme l'été dernier, prendre un nouveau départ ; allons-y pour la coupe qui m'avait tant plu ! Je ressors un peu plus légère, mais je ne regarde pas mon image dans les vitrines. Je veux rentrer à la maison rapidement, après quelques courses. Profiter encore un peu. Je n'ai fait aucune recherche à Lormont ou dans les environs. Heureusement que Camille a proposé de m'héberger. Je louerai un studio dans un premier temps.

Il est midi passé lorsque je gare la voiture dans la cour. J'en descends, mon panier dans une main, mon sac à main dans l'autre. Je me retourne pour fermer la portière d'un coup d'épaule quand j'aperçois un homme qui suit le chemin descendant vers le ruisseau. Il se retourne et me regarde. Je ne sais pas pourquoi, mais un frisson parcourt mon corps. Qui est cet inconnu ? Que fait-il ici ? Ce ne peut pas être un randonneur. Il n'est pas équipé pour cela. Il s'agit d'un homme âgé mais élégant, alerte. Il a disparu dans le petit bois après avoir hésité ; il a fait deux pas vers la maison et a repris son chemin, comme s'il ne voulait pas me déranger. Soudain je comprends : l'acheteur. Le voilà donc, celui qui va me remplacer, qui va regarder mes collines comme je les regarde en ce moment, qui va allumer le feu dans mon *cantou*... Pourquoi acheter une maison à son âge ? Encore un Anglais, très certainement, qui veut finir ses jours dans le calme de la campagne périgourdine. Peut-être a-t-il acheté pour faire un placement et revendre à nouveau plus tard... Perdue dans mes « peut-être », je ne l'ai pas vu revenir. Il est vrai qu'à son âge il ne va pas traverser le ruisseau, j'aurais pu m'en douter. Je le regarde arriver. Il prend son temps, regarde autour de lui, juge de la valeur de l'emplacement, sans doute. D'où je suis, je ne peux pas voir son visage clairement, d'autant plus qu'un chapeau le maintient dans l'ombre. Il me voit et me salue en hochant la tête. Je lui réponds et le regarde s'éloigner. Je n'arrive pas à lui en vouloir. Ce n'est qu'un vieil homme qui a payé trop cher une maison qu'il a achetée sans la voir. Tant pis pour lui. Pourquoi n'a-t-il pas osé s'approcher ?

Demain, je consacre ma journée à Maria, comme je le lui ai promis. Je me demande ce qu'elle a à me dire de si important.

Dimanche. Je vais chercher Maria. Elle s'est faite belle. Je l'aide à coiffer ses cheveux avant de partir. Elle a repris des couleurs, mais son air triste m'inquiète. Il faut que la journée soit aussi gaie que possible. Nous allons oublier pour quelques heures sa maladie et mon départ. À Pierrebrune, je l'aide à descendre de voiture et la guide pour gravir les marches. Elle marque un temps d'arrêt sur le seuil.

— Bientôt, je ne pourrai plus venir ici.

— Ne pense pas à ça, Maria. Je viendrai te voir. Adrien m'a proposé de dormir chez lui si je venais.

Je ne lui dis pas que je ne sais pas si j'en aurai le courage… Pas de tristesse aujourd'hui. Je l'installe dans le canapé pendant que je termine la préparation du repas. Nous discutons pendant ce temps.

— Tu as bien fait de couper tes cheveux. Ça te va bien.

— Merci, Maria. Que voulais-tu me dire d'important ?

— Plus tard ; nous en parlerons plus tard. Nous avons tout notre temps aujourd'hui.

Je lui ai préparé des choses qu'elle aime. J'ai téléphoné à sa fille pour savoir ses préférences. Je ne lui avais pas parlé depuis l'école. À l'époque, nous n'étions pas très proches, à vrai dire, et je ne savais pas comment elle allait recevoir mon appel. À mon grand soulagement, elle s'est montrée très gentille et a répondu sans problème à ma question. Maria a des goûts simples. Une soupe de légumes, de la blanquette de veau, son régal, paraît-il, et, comme elle aime tous les desserts, j'ai fait un gâteau au chocolat. Elle trouve ma soupe délicieuse. Aussi bonne que la sienne, dit-elle en riant. Elle pousse des exclamations en voyant la blanquette. Je raconte que sa fille m'a bien aidée. Maria parle. Maria sourit. Maria revit. J'ai un peu moins de chagrin à la laisser ici.

— Eh bien ! Tu es une sacrée cuisinière ! Surtout pour la soupe !

— Merci, Maria. Maintenant vas-tu me dire ce qui est si important ?

J'ai posé deux tasses de café et les biscuits qu'elle aime sur la table après avoir emporté les assiettes et les plats. Elle tourne sa cuillère lentement. Elle ne parle pas. Va-t-elle se décider ? Est-ce lié encore au massacre de Puyssolier ? Aurait-elle omis un détail, un autre drame personnel ? Anxieuse, j'attends. Elle tourne la tête vers moi, pose ses mains sur ses genoux et dit simplement :

— C'est de tes parents que je voulais te parler…

— De mes parents ? Je ne vois pas…

— Tu te souviens, quand tu es arrivée ici, je t'ai dit de ne pas juger trop vite. Tu l'as mal pris et je n'ai pas insisté. Mais, vois-tu, pendant ma maladie, je me suis dit que je pouvais mourir à tout moment, maintenant. Et je ne veux pas partir sans que tu saches certaines choses.

— Qu'y a-t-il à savoir ? Tout est clair, il me semble.

— Écoute-moi, Cécile. C'est à moi de te faire mal, certainement. Mais il faut réparer les injustices.

Je ne comprends pas ce qui me ferait plus mal encore que ce que j'ai vécu ; j'ai peur. Je n'ai pas envie de savoir. Je sens bien qu'il le faut, pourtant.

— Vous êtes partis de Saint-Médard quand tu avais dix ans.

— Pour le travail de mon père…

— Non. Du travail, il en avait ici. Vous êtes allés à Bordeaux pour éloigner ta mère d'ici.

Je secoue la tête.

— Maria ! Pourquoi aurait-il fallu cela ? Nous étions bien à Saint-Médard.

— Il y a des choses qu'une petite fille ne voit pas. Ta mère avait un amant depuis longtemps. Ton père l'aimait. Ça oui. Il espérait que, là-bas, tout rentrerait dans l'ordre, qu'elle lui reviendrait.

— Un amant depuis longtemps… Ne me dis pas que je suis…

— Non, Cécile, ton papa est bien ton papa. L'autre n'est venu qu'après.

La gaieté de ma mère ici, sa tristesse à Bordeaux, tout est plus clair, maintenant.

— Et qu'est-il devenu… enfin… l'amant ?

— Je ne sais pas. Il est parti lui aussi. Je ne crois pas qu'il était sérieux. Fernande n'aurait pas été heureuse avec lui.

Doucement, je demande :

— Tu sais autre chose ? Pour mon père ?

— Pour lui, contrairement à ce qu'il pensait, rien ne s'est arrangé. Ta mère lui en voulait et a fini par lui demander de partir. Très vite, elle lui a interdit de te voir, par vengeance. Il ne t'a pas abandonnée, Cécile. Il a toujours su où tu étais, ce que tu faisais jusqu'à tes vingt ans, à peu près. Il se cachait à la sortie du collège ou du lycée pour t'apercevoir. Il a su quand tu as eu ton diplôme. Il était fier de toi.

— Comment sais-tu cela ? Tu l'as revu, toi ?

— Ta mère m'écrivait et lui aussi, parfois ; je t'ai dit que je n'avais plus de nouvelles, mais c'est faux. J'ai cessé d'en recevoir quand tu as commencé à travailler. Nous avons donc perdu ta trace, ton père et moi. Bref. Les nouvelles que je recevais, je les transmettais à ton père. Comme ça, il savait. J'avais son adresse.

— Où est-il maintenant ?

— Il y a quelque temps, il était dans le sud de la Dordogne, mais un jour il a cessé de me téléphoner et d'écrire, sans doute parce que je ne savais plus rien de toi.

Tout se bouscule dans mon esprit... Ma mère, qui n'est pas vraiment celle que je croyais ; mon père, à qui j'en voulais tellement, qui m'aimait réellement... Je ne sais plus à qui donner mon amour et ma rancœur. Il faut donc réapprendre à aimer mon père, à lui faire confiance ? Lorsque je serai revenue à Bordeaux, je me mettrai à sa recherche ; pas tout de suite. Il me faut un peu de temps ; mais n'est-il pas trop tard ?

L'histoire de mes parents est leur histoire, mais, sous le doux visage de ma mère, je perçois maintenant celui, monstrueux, de celle qui a éloigné volontairement une fille de son père. Je ne pourrai même pas en parler avec elle. Il y a si longtemps qu'elle n'est plus dans la réalité.

— Si tu revoyais ton père, tu serais heureuse ?

— Je ne sais pas, Maria. C'est trop tôt encore. Tout ce que tu viens de m'apprendre est trop lourd.

— Pardonne-moi, mais je devais le dire.

— Tu as bien fait. Tu en racontes, des secrets, depuis quelque temps !

Elle sourit, sans doute soulagée. Je suis très perturbée par son récit, mais je ne veux pas l'inquiéter. Nous nous taisons, perdues chacune dans nos pensées. Je m'approche d'elle et je pose ma tête sur son épaule maigre. Elle me serre contre elle. Je sais qu'elle sera là pour moi jusqu'au bout.

Hier soir, j'ai revu le vieux monsieur dans le chemin. Il se tient toujours assez loin de la maison. Il m'a souri, mais ne s'est pas approché. Je trouve étrange qu'un acheteur n'ait pas envie de visiter sa future demeure. J'ai déjà entendu des histoires semblables avec des étrangers. Ils ont l'intention de tout refaire à leur goût, donc l'état actuel leur importe peu. Peut-être n'est-ce qu'un touriste attiré par l'endroit et qui en a fait sa promenade favorite. Je le saurai bientôt, car la signature définitive est prévue pour après-demain. J'ai presque terminé mes cartons. M. Lacoste m'a dit que j'avais jusqu'à la fin du mois pour partir ; c'est convenu avec l'acheteur. J'ai visité avec Camille quelques appartements, mais rien ne m'a vraiment plu. Elle en a sélectionné trois nouveaux que nous visiterons la semaine prochaine. Mars est arrivé avec ses giboulées et son soleil printanier. Des pousses vert tendre sortent de terre. Les boutons de la glycine sont bien formés. Je ne veux pas penser que je ne la verrai pas en fleur cette année. Malgré la fraîcheur, je sors boire mon café sur les marches et je m'imprègne de ce qui m'entoure : les collines, les vieux chênes, les châtaigniers, le puits… Je ne fais pas de photos. Comme lorsque j'étais petite, mes bois et mes prés seront dans ma tête, pour moi seule, jusqu'à ce qu'ils s'effacent avec le temps.

Je suis allée voir ma mère. Je n'ai pas eu le cœur de répondre à son sourire et je n'avais pas apporté de roses. Elle ne s'est rendu compte de rien, bien sûr.

Dans la salle d'attente du notaire, je dis à Guy Lacoste que je suis au courant, pour l'acheteur, et que je pense l'avoir vu. Sait-il qui il est ? À mon grand étonnement, il me répond que non. Ils n'ont pas signé de compromis. C'était la condition de l'achat. Je me dis que le prix proposé devait être très intéressant pour qu'il accepte. La vente va avoir lieu bientôt, et il saura à ce moment-là. Il voit bien que je lui en veux malgré tout. Il a bel et bien profité de la situation. J'ai un instant d'hésitation au moment de parapher les feuillets, puis de les signer. Je n'ai pas le choix. Les yeux souriants du notaire se font interrogateurs, puis vaguement inquiets devant les larmes qui perlent dans les miens. En sortant, je n'ai nulle envie de serrer la main du nouveau – si l'on peut dire – propriétaire. Mon demi-tour vers ma voiture a des allures de fuite. C'est à peine si j'ose franchir le seuil de la maison. Pourtant, je me sens tellement chez moi ici. Il est presque une heure, mais je n'ai pas faim. J'ai peur des jours à venir ; j'ai peur de l'après-midi qui commence.

J'envisage de me préparer un sandwich lorsque j'entends la voiture d'Adrien dans le chemin. J'ai appris à en reconnaître le ronflement un peu particulier de vieux diesel. Il n'est pas seul : Catherine, Bernard et Moïse sont avec lui. Ils portent des paniers que je devine remplis de victuailles.

— On n'a pas voulu te laisser seule aujourd'hui…

Cette attention me touche beaucoup. En un tournemain, la table est mise. Je suis invitée à m'asseoir et à regarder s'accomplir le miracle…

La semaine est passée en rangement et ménage. Je vais laisser la tondeuse, qui ne me servira pas à Bordeaux. Mon mobilier ira au garde-meuble en attendant d'être installé ailleurs. Je grimpe l'échelle du grenier à foin et je m'installe près de la lucarne pour graver dans ma mémoire ce paysage si beau. C'est ici que tout a commencé. Ici que le passé a ressurgi et a bouleversé les vies et les esprits de beaucoup. Ici que le visage de Pierre Lacoste est réapparu après tant d'années. Un peu de vieux foin traîne encore sur le sol. J'en enroule quelques brins autour de mes doigts et je mets la petite pelote dans ma poche. Tout ce que j'emporterai de ma maison. Dehors, la lumière m'éblouit ; le soleil a percé derrière les nuages avant de commencer sa plongée derrière les arbres, rosissant les toits de la ferme des Favard, là-bas. Je ne reverrai pas le mois de mai ici.

Guy Lacoste, reparti après son achat de la maison, est arrivé de Chilly hier soir pour conclure la revente. Il n'a pas dormi chez Moïse, mais chez les mêmes amis qui l'hébergeaient avant. C'est Catherine qui me l'a dit. Il a rendez-vous aujourd'hui à l'étude du notaire de Rézac. Celui que je ne peux appeler que « l'acheteur » va venir dans la soirée ou demain visiter la maison. Je l'attendrai. Un message électronique bref, sans chaleur, m'en a avertie hier soir. Je laisserai la clé à la mairie en partant à la fin du mois, comme convenu. Demain, je vais prévenir les déménageurs et louer le garde-meuble. Le vieil homme au chapeau, s'il s'agit bien de lui, n'a pas exigé mon départ immédiat ; il me laisse encore un peu de temps puisqu'il ne viendra qu'à l'été et qu'il n'y a pas de travaux urgents à entreprendre. Je vais rendre visite à Maria pour éviter de trop penser. Elle croit peut-être que je lui en veux après ses révélations sur mes parents, alors qu'il n'en est rien.

Lorsque je frappe à sa porte, sa voix est presque joyeuse. Elle m'accueille en souriant. Je suis un peu contrariée. Finalement mon départ ne semble pas l'attrister beaucoup.

— Que t'arrive-t-il, Maria ? Tu as l'air bien contente !

— Oui, oh ! Ce n'est pas grand-chose, mais Ludo a trouvé du travail et j'en suis bien heureuse !

— Je te comprends…

Et, avec une pointe de méchanceté que je n'arrive pas à maîtriser :

— Il ne te demandera plus d'argent…

Elle a rougi brusquement.

— Comment sais-tu ça ? Et puis, c'est mon petit-fils. Il n'est pas très affectueux, mais je l'aime tout de même ; si je peux l'aider…

— Pardon, Maria ; je ne sais pas pourquoi j'ai dit ça. Je m'en veux terriblement.

Pourquoi ai-je gâché ce moment ? Je ne suis pas méchante, pourtant. Je reste les bras ballants, ne sachant plus que faire. Je tends les mains vers Maria sans trop d'espoir. Elle me regarde et secoue la tête doucement :

— Tu ne serais pas jalouse, par hasard ? Mais bête que tu es, toi aussi, je t'aime ! Pas de la même façon, c'est tout ! Un petit café ?

Je me précipite pour faire le « petit café ». Je lui explique que la vente de la maison est en cours ; que ce soir, tout à l'heure, elle ne sera plus à moi.

— C'est triste, mais tu as pris ta décision trop vite et tu t'es bien fait avoir par le Guy. Moïse lui en veut beaucoup…

Les minutes s'égrènent sans que nous parlions. Vers cinq heures, je me lève pour partir.

— Je vais à la maison. Le monsieur va peut-être passer.

— Sois courageuse, dit-elle simplement.

Lorsque j'arrive, il est là. Il regarde la grange et me tourne le dos, mais c'est bien le même vieil homme, avec son manteau noir et son chapeau. Il se retourne et me regarde descendre de voiture. Je vais vers lui, tête baissée. Affronter son regard le plus tard possible. Je le regarde enfin.

— Bonjour, monsieur.

Je tends la main.

— Bonjour, Cécile, dit-il doucement.

Il ôte son chapeau et son visage m'apparaît plus nettement. Je recule soudain, entre incrédulité et bonheur. Du fond de ma mémoire, son sourire ressurgit. Je recompose les traits d'avant, les superpose à ceux de l'homme. Le doute n'est pas possible.

— Papa… Mais… Que fais-tu là ?

Je n'arrive pas à en dire plus. J'ai envie de me jeter dans ses bras, mais si l'histoire de Maria n'était pas vraie ? S'il m'avait bel et bien abandonnée ? Nous nous regardons un instant. Visiblement, lui non plus ne sait pas. Comment faire abstraction de presque cinquante années de séparation ? Dieu, qu'il est vieux… Je calcule rapidement tandis qu'il s'approche lentement. Quatre-vingt-quatre ? Quatre-vingt-cinq ans ? Je n'avais jamais imaginé mon père en vieillard. J'avais gardé en tête l'image du jeune homme trentenaire que je connaissais. Je n'en avais pas d'autre. Il répète :

— Cécile, ma petite.

Je vois ses yeux, pleins de larmes, qui supplient.

— Je ne t'ai pas abandonnée. Jamais.

J'articule maladroitement :

— Je sais. Maria m'a raconté.

Je prends conscience de mes mains qui tremblent, de mes jambes molles tout à coup, de ma respiration qui devient plus difficile. Je ne peux plus résister et je me précipite vers lui. Je sens son menton se poser sur ma tête, comme quand j'étais enfant. Il répète mon prénom à l'infini, comme une litanie. Nous nous séparons enfin et, sans parler, je l'entraîne vers la maison.

— Si tu savais comme tu m'as manqué… Nous avons beaucoup à nous dire, je pense.

Sa voix est hésitante, son regard toujours aussi suppliant. Je lui fais signe de s'asseoir. Sans rien dire, je vais lui préparer une grande tasse de thé brûlant. Je la pose devant lui ; il sourit.

— Tu te souviens ! Celui que je préfère, en plus.

— Il y a des choses qu'on n'oublie pas…

Difficilement, il commence à raconter. Ce que Maria m'a expliqué et les quarante-sept ans qui me manquent.

— J'aimais ta mère, tu dois le croire. Je ne me suis jamais remarié. J'avais trop peur de revivre la même chose.

Trop peur de revivre la même chose… Les paroles que je pourrais dire aussi. Ainsi donc, la même peur nous avait habités. Nous avions connu la même impossibilité de vivre une nouvelle histoire. Il raconte ces années à se cacher pour m'apercevoir, certain qu'un jour je comprendrais et lui reviendrais. Je parle à mon tour de la version de ma mère, qui m'a persuadée que j'avais été abandonnée, que je n'étais plus aimée. Il n'a pas saisi la justice ; dans les années soixante, la place du père n'était pas reconnue comme aujourd'hui et ma mère aurait soutenu la thèse de l'abandon, d'autant plus facilement que, pendant longtemps, il a déposé l'argent qu'il donnait pour moi en liquide, dans la boîte à lettres.

— Comment m'as-tu retrouvée ici ? Comment as-tu su ?

— Par Maria. Elle m'appelait de temps à autre. Un jour, elle était très excitée au téléphone. Je n'arrivais pas à comprendre ce qu'elle me disait. Enfin, elle s'est calmée et j'ai compris : « Ta petite est là. Elle a acheté la maison des Lacoste, à Pierrebrune. » Depuis que tu avais quitté l'école d'infirmières, je ne savais pas où tu habitais. J'ai longtemps parcouru les rues de Bordeaux sans jamais te rencontrer. Je me suis dit que tu devais être partie, alors je suis venu habiter en Dordogne, à ma retraite. Dans le sud.

— Pourquoi as-tu attendu près d'un an ?

— J'avais peur ; je me doutais que tu m'en voulais. Et puis, il y a quelque temps, Maria m'a téléphoné. Elle avait été malade et venait de rentrer à Puyssolier. Elle m'a raconté tes soucis, puis ta décision de vendre à Guy Lacoste. Elle m'a dit aussi que maintenant tu savais pour ta mère.

Ce que Maria m'avait révélé était donc vrai, elle avait juste menti en disant qu'elle n'avait plus de contacts avec mon père. Elle ne m'avait pas parlé de son dernier coup de téléphone pour l'avertir que j'étais à Saint-Médard, peut-être par peur qu'il n'ait pas le courage de venir, finalement.

— Tu lui as dit que tu allais venir aujourd'hui ?

— Oui, je l'ai appelée ce matin. Je suis venu à plusieurs reprises, sans que personne ne le sache. Deux fois seulement, tu m'as vu. J'ai eu peur, mais tu ne m'as pas reconnu.

— Voilà donc l'explication de son air heureux… Mais je n'ai vu aucune voiture dehors. Comment es-tu venu ?

— En train jusqu'à Rézac, puis en taxi jusqu'ici, comme l'autre jour. Je dois être à la gare à huit heures, ce soir. J'ai pensé que tu pourrais me ramener…

— Nous verrons. Je ne vais pas te laisser repartir comme ça. Tu disparais pendant presque cinquante ans, et il faudrait que je me contente de deux heures avec toi ?

— Je ne savais pas comment tu accepterais ma venue, mais je ne demande qu'à rester un peu plus ici…

Il se tait, boit une gorgée et me regarde à nouveau. Lui aussi a du mal à me reconnaître, je m'en doute. Mais une pensée me ramène à la réalité. Le bonheur d'avoir retrouvé mon père m'a fait oublier la vente.

— Moi qui t'ai pris pour l'acheteur de la maison ! D'ailleurs, je ne l'ai pas vu, celui-ci ! Il n'est pas curieux…

Il plonge la main dans la poche de son manteau noir posé sur le dossier de la chaise. Lorsqu'il la ressort, je vois deux clés semblables aux miennes : une pour la maison et une beaucoup plus grande pour la grange. Il murmure :

— L'acheteur, c'est moi… Je te dois bien ça. Je sais que ta vie est ici. Maria m'a dit à quel point tu étais malheureuse. À mon âge, je n'ai pas besoin d'argent. C'est normal qu'il te revienne. La maison est à ton nom. Elle est à toi pour de bon.

— Mais Guy Lacoste sait qui tu es ?

— Depuis peu… Je suis entré en contact avec lui lorsque j'ai su, par Maria, qu'il voulait te racheter la maison de ses parents. Il n'a jamais eu l'intention de la garder pour lui. Il a trouvé tellement bien ce que tu avais fait qu'il pensait la revendre à un Anglais avec un joli bénéfice. Il fallait que j'agisse vite pour qu'elle ne m'échappe pas. Je lui ai donc proposé une somme qu'il ne pouvait pas refuser, à condition qu'il n'y ait pas de signature de compromis. Je voulais qu'il ignore mon nom le plus longtemps possible. Il l'a appris lorsque nous avons préparé la vente avec le notaire. Je lui ai demandé de ne rien dire. Il a compris qu'il avait été berné, mais il ne voulait pas renoncer à cette vente. Je suppose qu'il ne t'a plus contactée, ensuite.

— Effectivement. La dernière fois, c'était par un message électronique. Mais ne me dis pas que tes économies de contremaître ont suffi à financer l'achat. Je ne comprends pas. D'où vient cet argent ?

Il se redresse, et c'est de la fierté que je vois maintenant dans son regard.

— Je ne suis pas resté contremaître… Lorsque j'ai quitté ta mère, j'ai voulu changer de vie. Alors, j'ai acheté un petit garage en banlieue bordelaise. J'ai emprunté à ce moment-là ; mais pas beaucoup, car il était bien vieux. Je l'ai modernisé, et comme les clients étaient contents, le bouche à oreille a fonctionné et ma petite affaire a été rapidement rentable. J'ai même pu embaucher deux ouvriers. Je l'ai revendu à l'un d'eux. Voilà comment j'avais cet argent. Et ta maison n'a pas tout englouti !

Je ne sais pas comment exprimer ma gratitude et ne trouve à dire qu'un banal :

— Je te suis infiniment reconnaissante. Mais on ne saura probablement pas pour qui j'étais tellement indésirable. Qui a écrit la lettre, qui a mis ma voiture en panne…

Mon père reste silencieux. Il finit son thé à petites gorgées. Il y a de la buée sur ses lunettes. Il pose sa tasse et me regarde enfin.

— C'est lui, Cécile. C'est Lacoste. Lorsque je l'ai contacté, tu n'étais pas encore sûre de ta décision. Tu hésitais. Alors, un jour, il m'a téléphoné ; je lui avais donné mon numéro, car il n'apparaît dans aucun annuaire, et un nom d'emprunt. Il m'a dit : « Elle va bientôt vendre, je vous l'assure. Je fais ce qu'il faut pour… »

Je me suis inquiété et j'ai appelé Maria qui m'a raconté. Elle savait par Moïse. Je n'ai rien dit ; je venais d'avoir une idée.

Il me regarde à nouveau, mais ses yeux, de tristes, sont devenus joyeux, les mêmes yeux que lorsqu'il faisait une plaisanterie, autrefois… Je ne comprends pas bien.

— J'aurais pu venir te voir avant pour te persuader de ne pas vendre, ou pour payer le dédit, mais j'ai laissé la vente se faire. Tu as ainsi récupéré ton argent et, en plus, tu as la maison ! Je m'en voulais parce que je te savais malheureuse de partir, mais le jeu en valait la chandelle.

— Il n'en est pas question ! Je vais te rendre ce qu'il m'a donné ! Je ne peux pas te rembourser l'intégralité de ce que toi tu as payé, malheureusement.

— Cécile, Cécile… Ne comprends-tu pas que j'ai besoin de ça pour essayer de me racheter un peu ? Je t'en prie ; ce serait me rejeter et c'est de cela que j'ai le plus peur… En contre partie, je viendrai souvent te voir ici. À mon âge, ça ne va pas durer très longtemps…

— Rien ne pourrait me faire plus plaisir, et j'espère que ce sera le plus longtemps possible.

— Pendant tout ce temps, j'ai pensé à ce que je te dirais quand je te retrouverais ; à quinze ans, d'abord, puis à l'âge adulte. J'imaginais ton visage changé par le temps… Lorsque tu as eu quarante ans, j'ai arrêté. Je pensais ne plus te revoir et je n'arrivais plus à transformer la petite fille en femme dans mon esprit. Finalement, je te reconnais bien et j'en suis tout étonné.

Je ne dis pas que, pour moi, c'est un peu plus difficile ; le temps et le chagrin ont fait leur œuvre ; ils ont creusé et ridé son visage. Heureusement, je retrouve son sourire et ses yeux. Nous essayons de comprendre le déroulement de ce qui m'a amenée à vendre plus vite que je ne l'aurais souhaité. La grange était bien fermée, mais Lacoste avait gardé un jeu de clés ; ainsi, il a pu facilement débrancher la batterie de la voiture. Ce n'est pas le hasard qui l'a fait venir le lendemain. Il savait que je n'avais pas pu démarrer et qu'il me proposerait ses services, que j'ai acceptés avec reconnaissance. Il a posté la lettre à Rézac et a disposé le petit fagot de brindilles et l'allumette le jour de la panne d'électricité, la vieille porte pleine le cachant à ma vue.

Nous nous sommes raconté nos vies jusque tard dans la soirée. Les gestes d'affection ont un peu de mal à revenir. Il faut nous laisser le temps, mais nous sommes confiants. J'ai fait dégeler une pizza et, vers minuit, voyant que mon père n'en pouvait plus, j'ai fait le lit de la chambre d'amis.

— Une première fois d'une longue série, lui ai-je dit.

J'ai eu du mal à m'endormir : il m'était revenu un père que je devais apprendre à connaître, je retrouvais ma maison et ce bon monsieur Lacoste était la cause de tous mes problèmes. J'ai pensé à Moïse. Il allait être malheureux, mais je ne pouvais pas faire autrement que de tout lui dire. Je n'étais pas arrivée à savoir, par contre, qui avait été l'amant de ma mère. Mon père m'a dit que ça ne regardait qu'eux deux. Je le comprends et je l'accepte.

Le lendemain, j'ai demandé à mes amis de venir dans la soirée, après leur travail. J'ai dit que c'était important. Ils pensaient que je voulais leur dire au revoir. Il ne manquait donc personne, à part, bien évidemment, Camille et Lise, que j'avais mises au courant dès le matin. Camille a fait semblant d'être déçue de ne pas m'avoir comme colocataire. Mais toutes les deux étaient, bien sûr, très heureuses pour moi.

— Quelle drôle d'histoire ! a dit Lise. Une maison et un père le même jour, ce n'est pas banal... Je ne me souviens pas de lui. Nous referons sa connaissance... Je suis bien contente : nous pourrons revenir en Périgord ! Je peux bien te le dire maintenant : avec Camille, nous étions inquiètes pour toi et nous avons téléphoné souvent à Catherine pour prendre des nouvelles.

Mes amis de Puyssolier et de Saint-Médard ont été étonnés de voir ce vieux monsieur chez moi et sans doute ont-ils pensé que ce n'est pas à son âge qu'on achète une nouvelle maison. Ils l'ont bien plus été lorsque je le leur ai présenté comme étant mon père. Il a fallu raconter à nouveau. Il a été félicité, remercié. Seule au bout de la table, Maria souriait. Bernard a levé son verre :

— Bien ! Il va falloir défaire à nouveau les cartons !

Tout le monde a ri. La tension des jours d'avant s'était envolée. Seul Moïse gardait son air triste. Je savais pourquoi.

— Je n'ai eu un cousin que quelques mois, a-t-il fini par avouer.

— Il faut savoir pardonner, Moïse, a ajouté Bernard.

— On ne peut pas tout pardonner. Je lui en voulais d'avoir revendu la maison au prix fort, mais après ce qu'il a fait pour faire partir Cécile, non, vraiment, je ne peux pas. Je vivais sans lui avant, vous savez. Cette histoire nous a soudés, nous qui sommes ici aujourd'hui. Je ne me sens plus seul, maintenant.

— Tu reviendras danser à la fête de la châtaigne? demande Adrien en riant. Il va falloir prendre des cours!

J'ai promis à Maria de passer la journée de samedi avec elle. Nous sommes allées au marché à Rézac, elle a choisi des livres pour la semaine et nous avons mangé chez elle, toutes les deux. Nous n'avons pas besoin de nous dire que nous sommes importantes l'une pour l'autre: nous le savons et ça nous rend heureuses. Après le repas, je propose d'aller marcher un peu dans le village. Maria enroule son châle de laine autour de ses épaules, car il fait frais. Nous trottinons à son rythme jusqu'à la maison d'Adrien. Au retour, elle s'arrête soudain dans l'herbe vert tendre du bas-côté; je la vois se baisser difficilement et tendre le bras vers le talus. Un sourire se dessine sur ses lèvres: pour la première fois depuis plus de soixante ans, Maria cueille des violettes.

Cet ouvrage a été imprimé
en décembre 2013 par

CPI
FIRMIN-DIDOT

27650 Mesnil-sur-l'Estrée
N° d'impression : 120692
Dépôt légal : décembre 2013

Imprimé en France